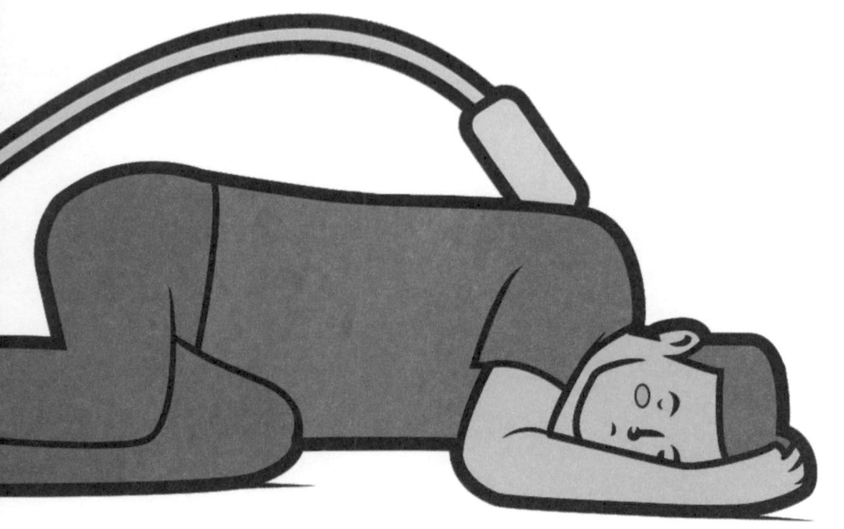

SO SAD,
SO HAPPY
沒救的人生
不需要解釋
安東・谷迪姆——著 楊靜怡——譯
Anton Gudim

U0042665

自序

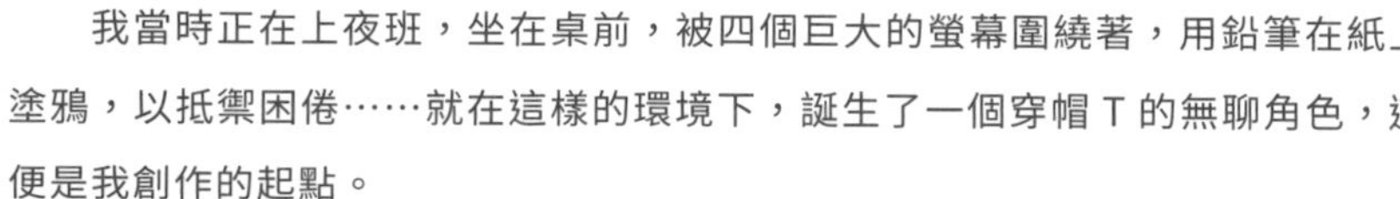

我當時正在上夜班，坐在桌前，被四個巨大的螢幕圍繞著，用鉛筆在紙上塗鴉，以抵禦困倦……就在這樣的環境下，誕生了一個穿帽 T 的無聊角色，這便是我創作的起點。

自那時起，五年多過去了。我已經不用上夜班。現在是週五，我下班稍微晚了些，因為我要完成這篇序言。而我為之寫序的這本書，即將在幾千公里以外的土地上出版！我無法想像我的小塗鴉也會有這天。

哦，我發現我忘了自我介紹。我叫安東・谷迪姆，出生於俄羅斯莫斯科，並且一直生活在這裡。這是個巨大，有時也相當激進的城市。我已習慣這座城市的節奏，試著安靜地繞開城市裡的居民，不被他們有壓力的情緒所感染。我是個通訊行業的工程師，在普通的辦公室里工作。 畫畫是我的愛好，隨著年齡的增長，我對待這件事也更為嚴肅了。

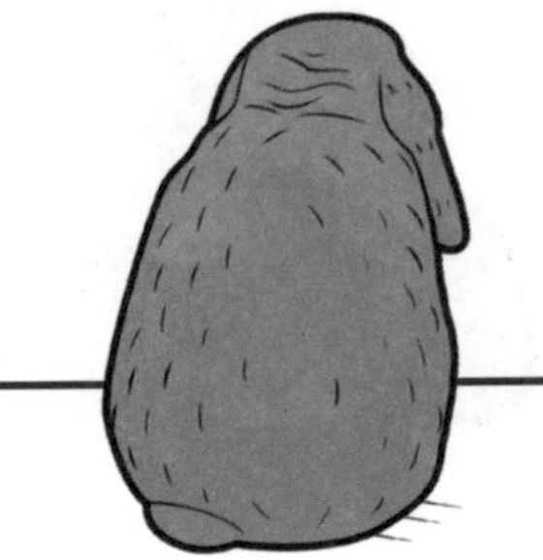

這五年中有什麼變化嗎？我換了個工作地點：我還是個工程師，只是去了另一家公司。在我的繪畫中，我遠離了玩得爛熟的雙關語，放棄了漫畫格式中必須要有的文字解說和文本。這是個深思熟慮的決定，因為我認為一切繪畫都應該用符號和圖像來說話。在這五年裡，我磨鍊了自己的技能，現在我可以畫得更好更快了。而更重要的是，我找到了自己的個人風格：既簡單又富含深意，而在此之上，是我自己。

我的繪畫是對日常和世俗的挑戰，但更多的時候是對自己的挑戰。構思想法並畫出來已成為我生活中不可或缺的一部分，但有時這並不太容易。有時候，為了給新漫畫構思一個合適的情節讓我心力交瘁；有時候，靈感和想法毫不費力地湧入腦海，給了我不可或缺的推動力。

我想你可能正期待著一個漫長的演講，但唉……口才從來都不是我的強項。

或許，這就是為什麼我作品中的故事都不用言語講述。又或許，對現在的我來說，使用圖像語言比使用詞語更加自然。無論如何，親愛的讀者，我要感謝你們花時間，讀完了這本書大半的序言。我真誠地希望你能對我做的事情產生一些共鳴，或發現這對你有點用。也許，我的作品能激發你創造屬於自己的東西，或者讓你從不同角度看待日常的事物。

我猜目前為止就這樣了。希望你一會兒翻閱的時候玩得開心。

我希望大家不介意我在本序言末尾加上「胡蘿蔔」這個詞。為什麼？好吧，因為它通常沒什麼機會被寫在序言中。我相信，所有的詞語以及這些詞語所命名的事物，都應該在某些時候得到它們的聚光燈。

保重，吃點胡蘿蔔，且永遠保持好奇。網路上見！

Z Z Z

我不抽菸
我們不向對方撒謊
我是纯天然的
我不吃速食
我不為小事煩惱
不需要任何努力的
成就

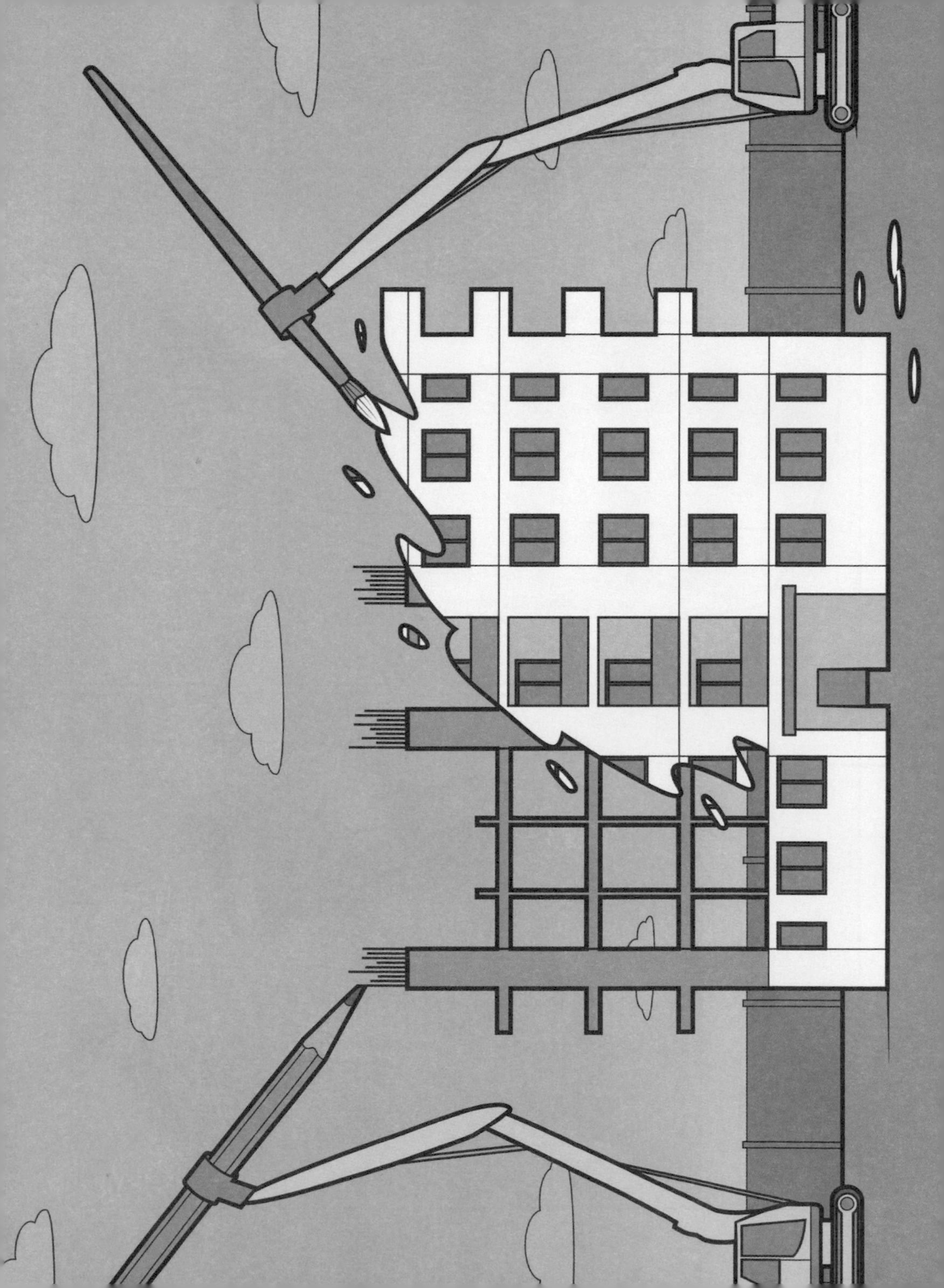

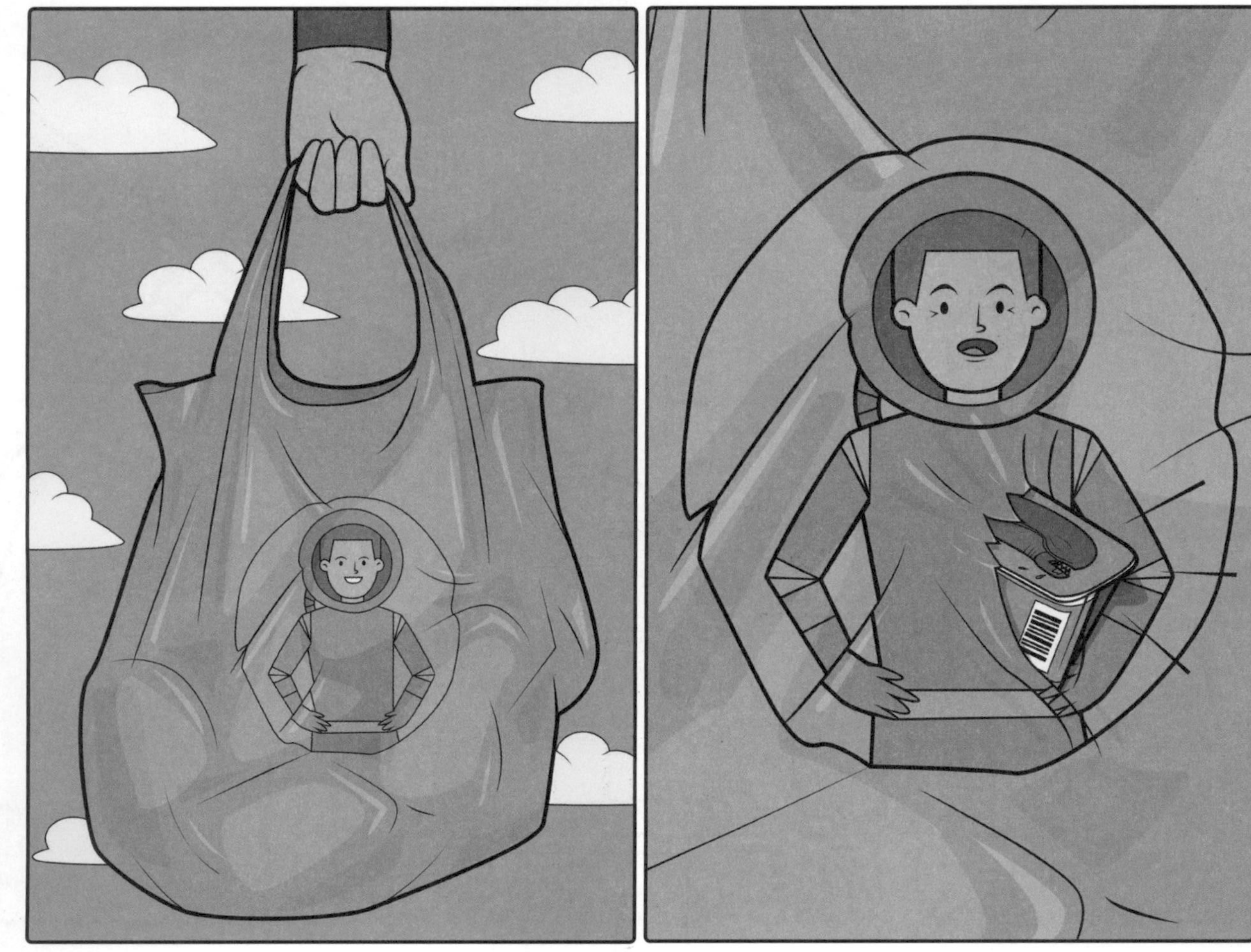

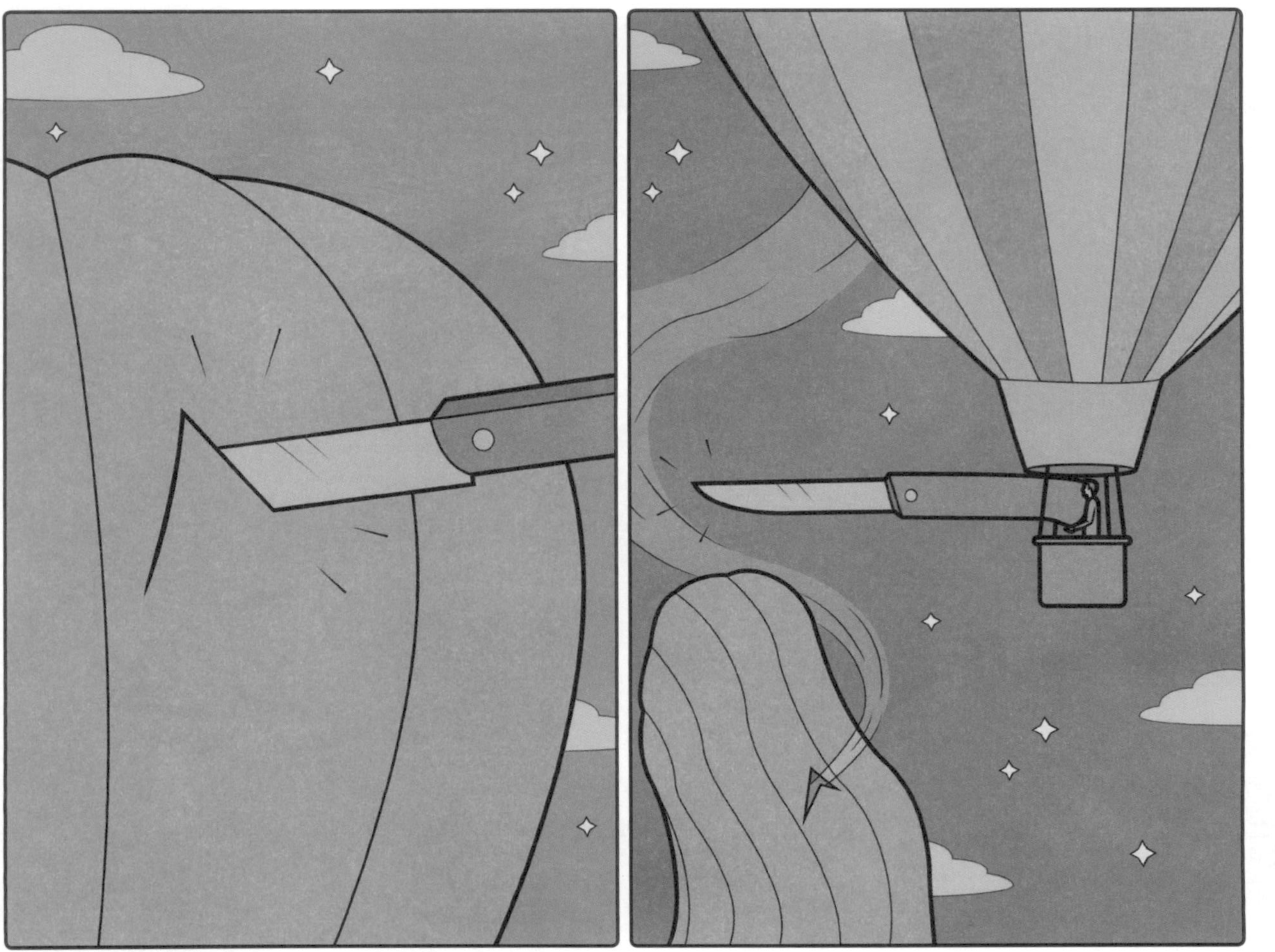

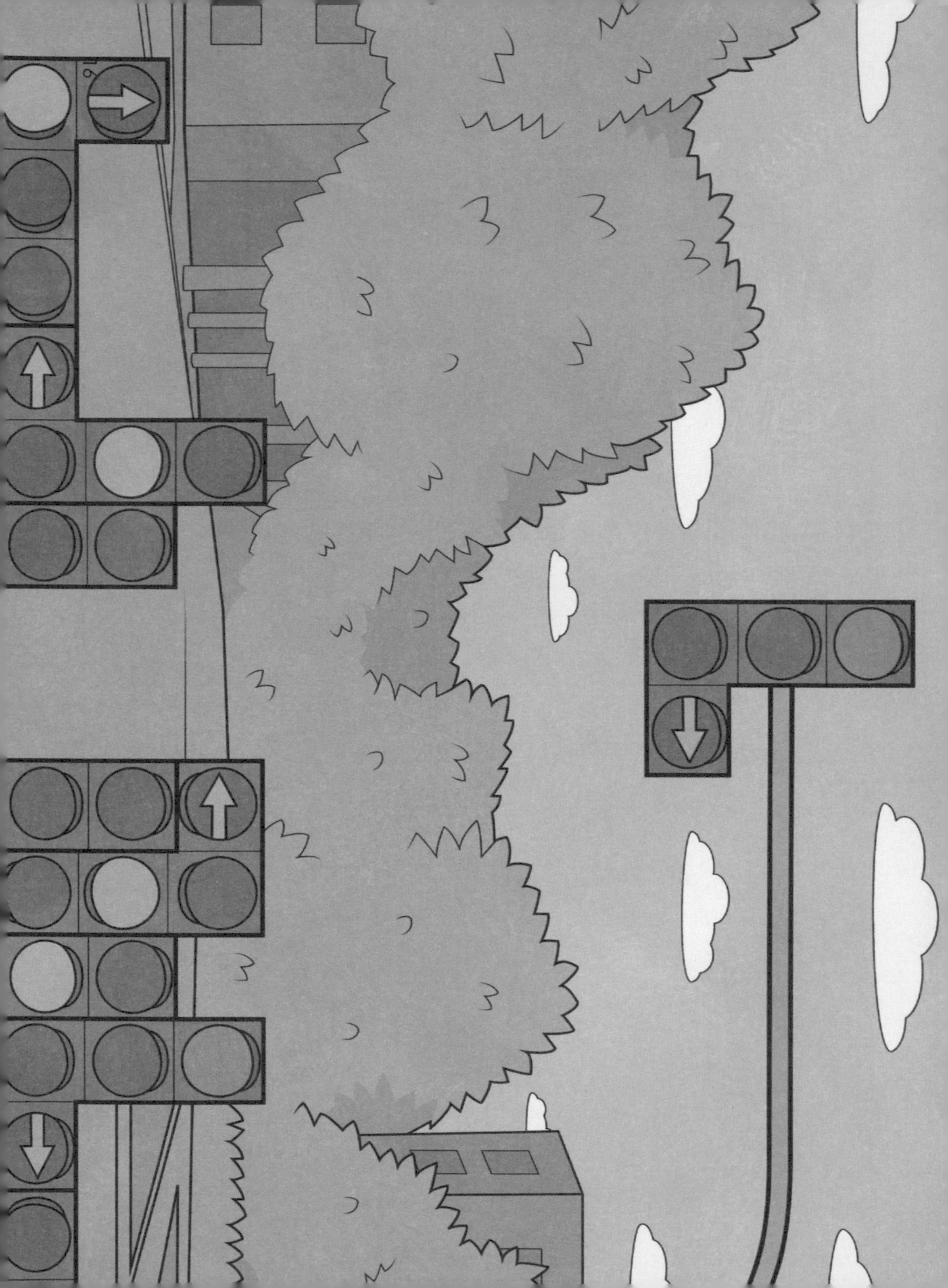

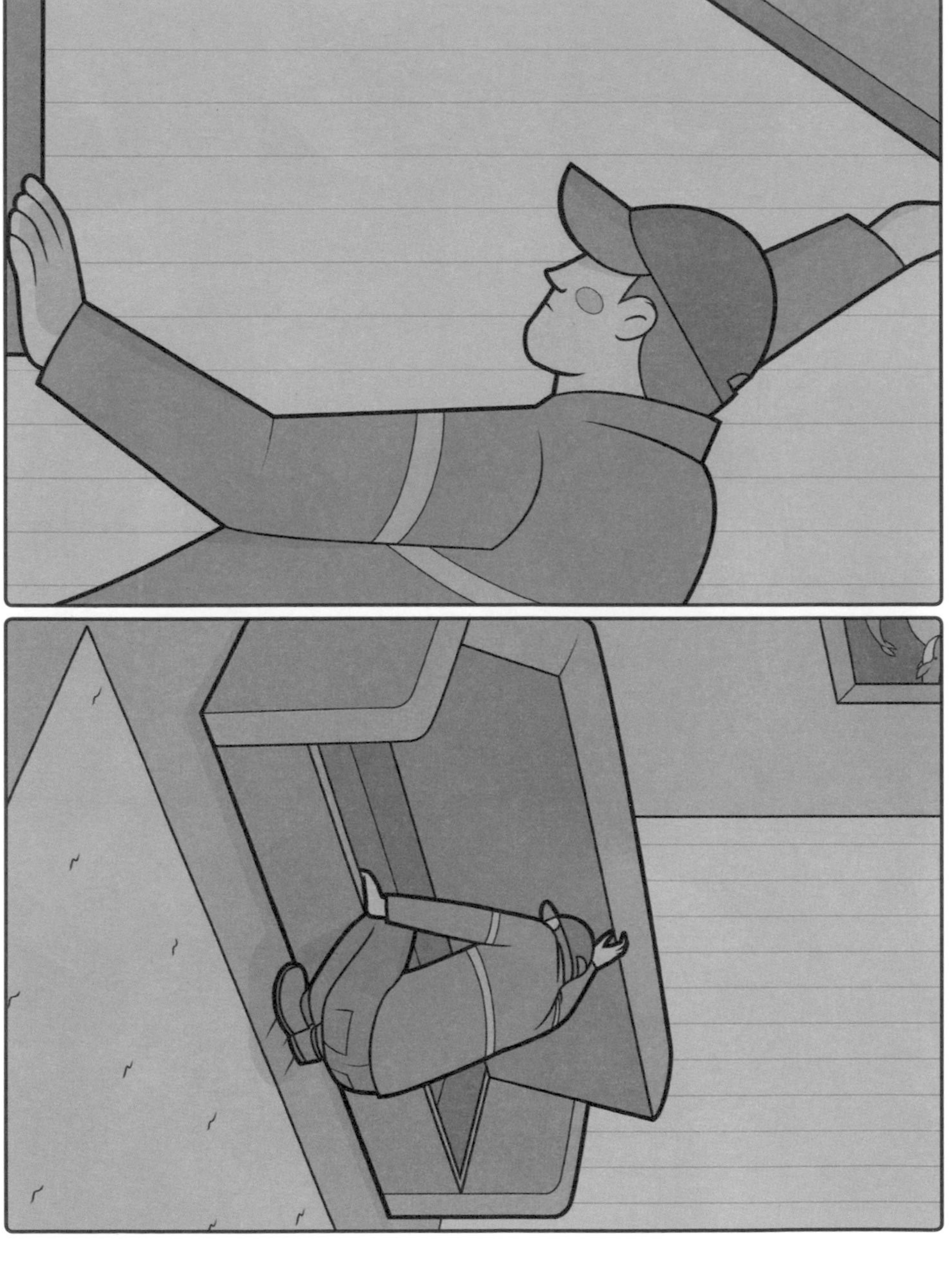

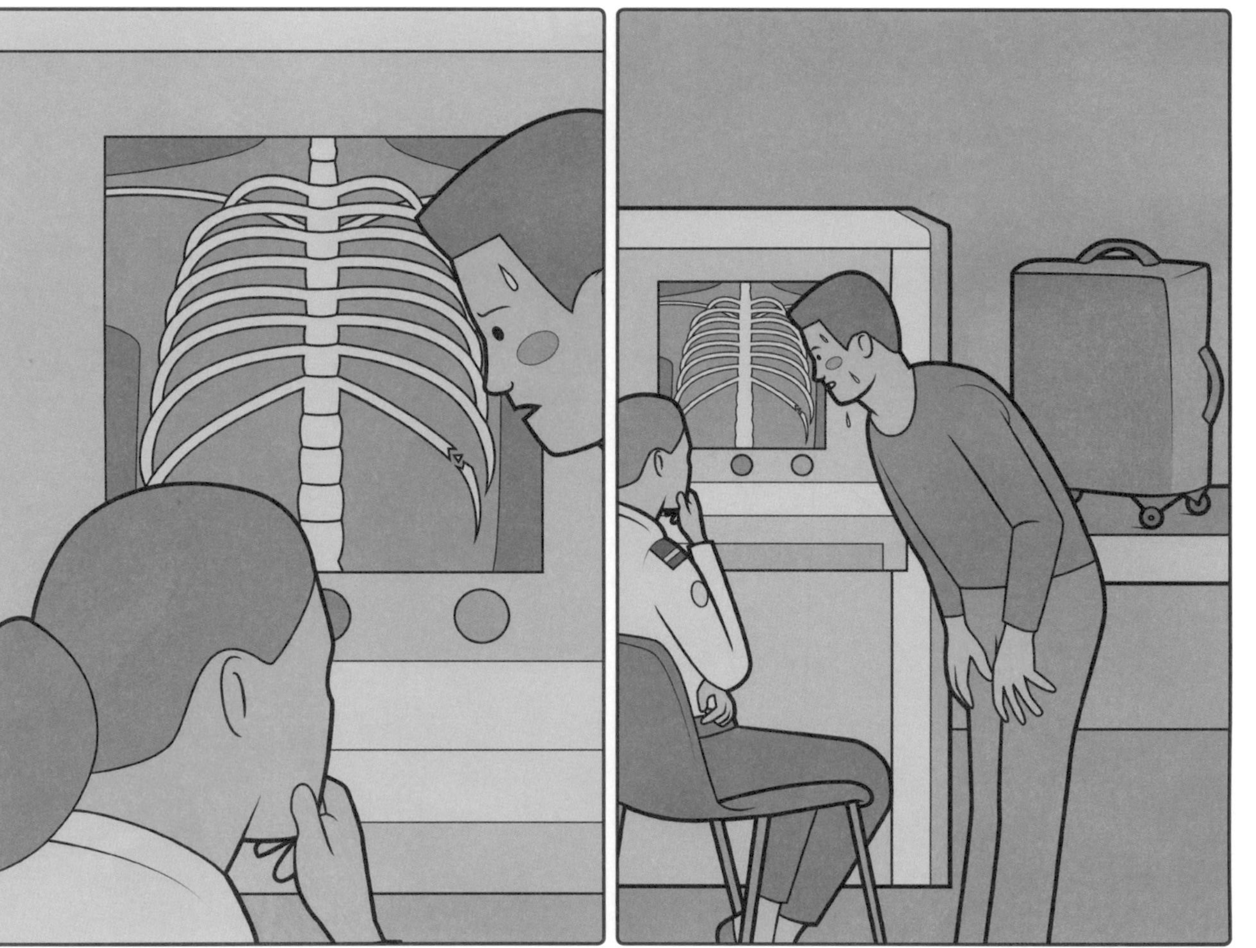

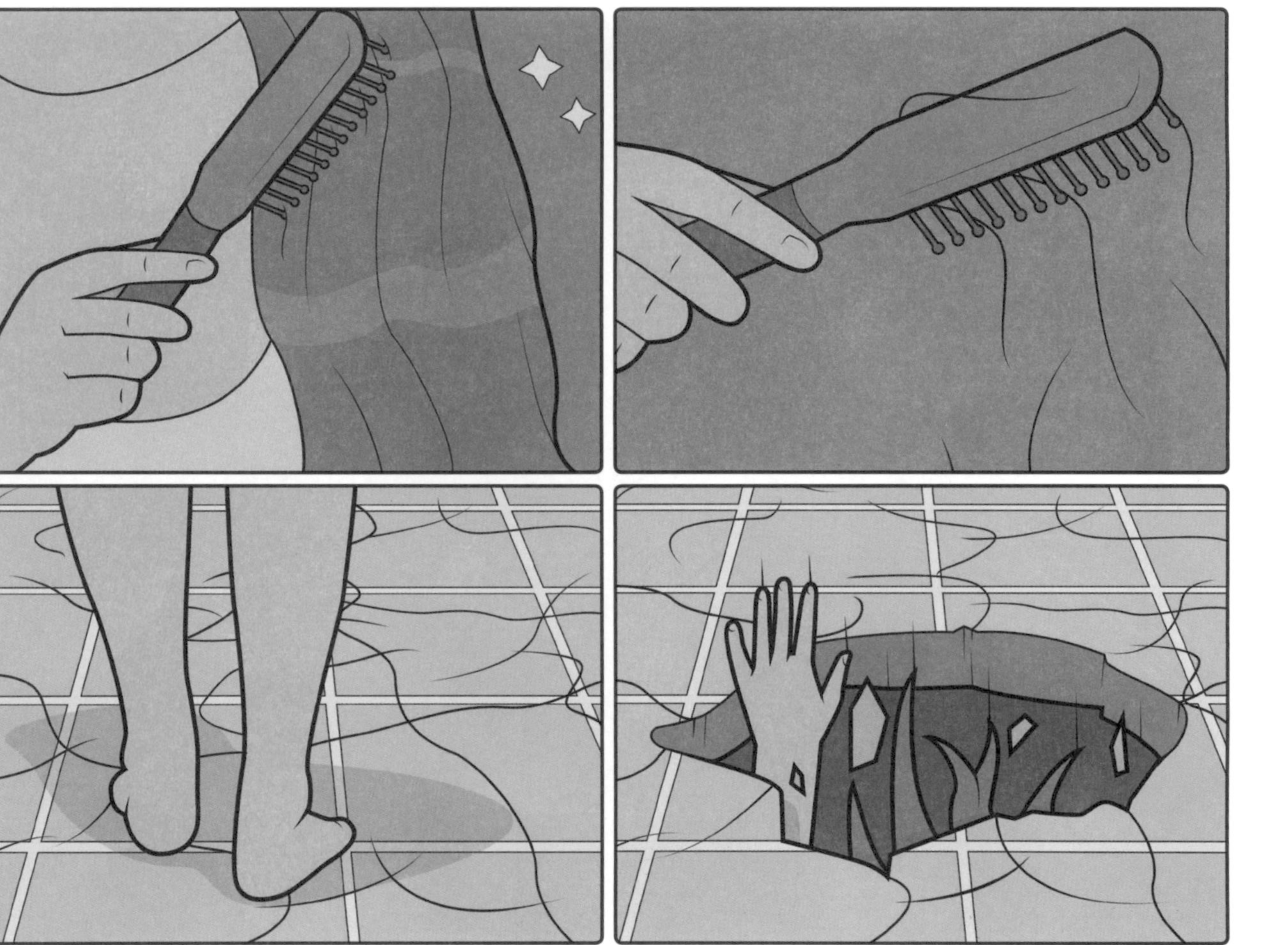

AS A
FRIEND
以朋友的身份

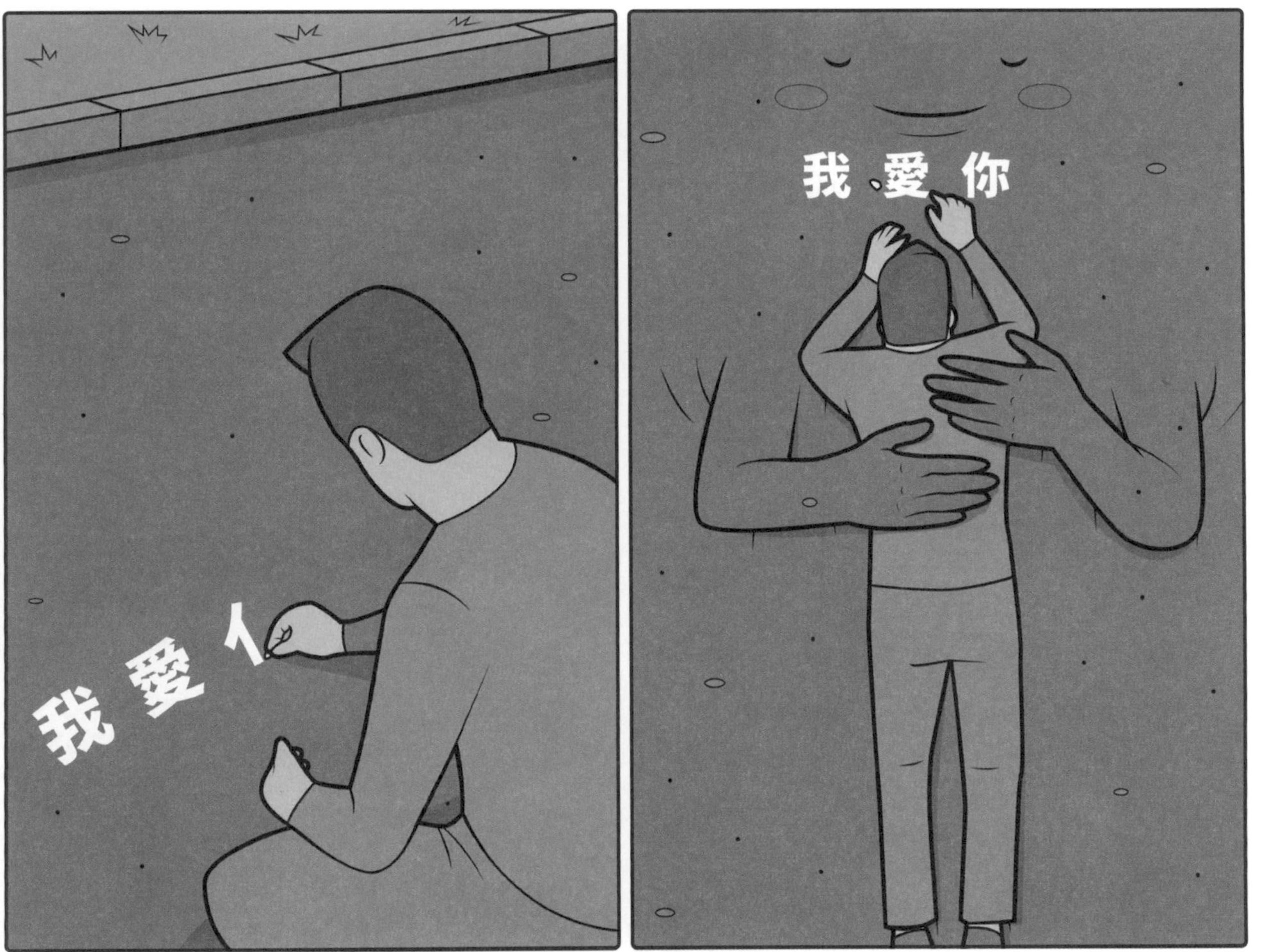
我愛亻
我愛你

BABY
IN
CAR
車上有嬰兒

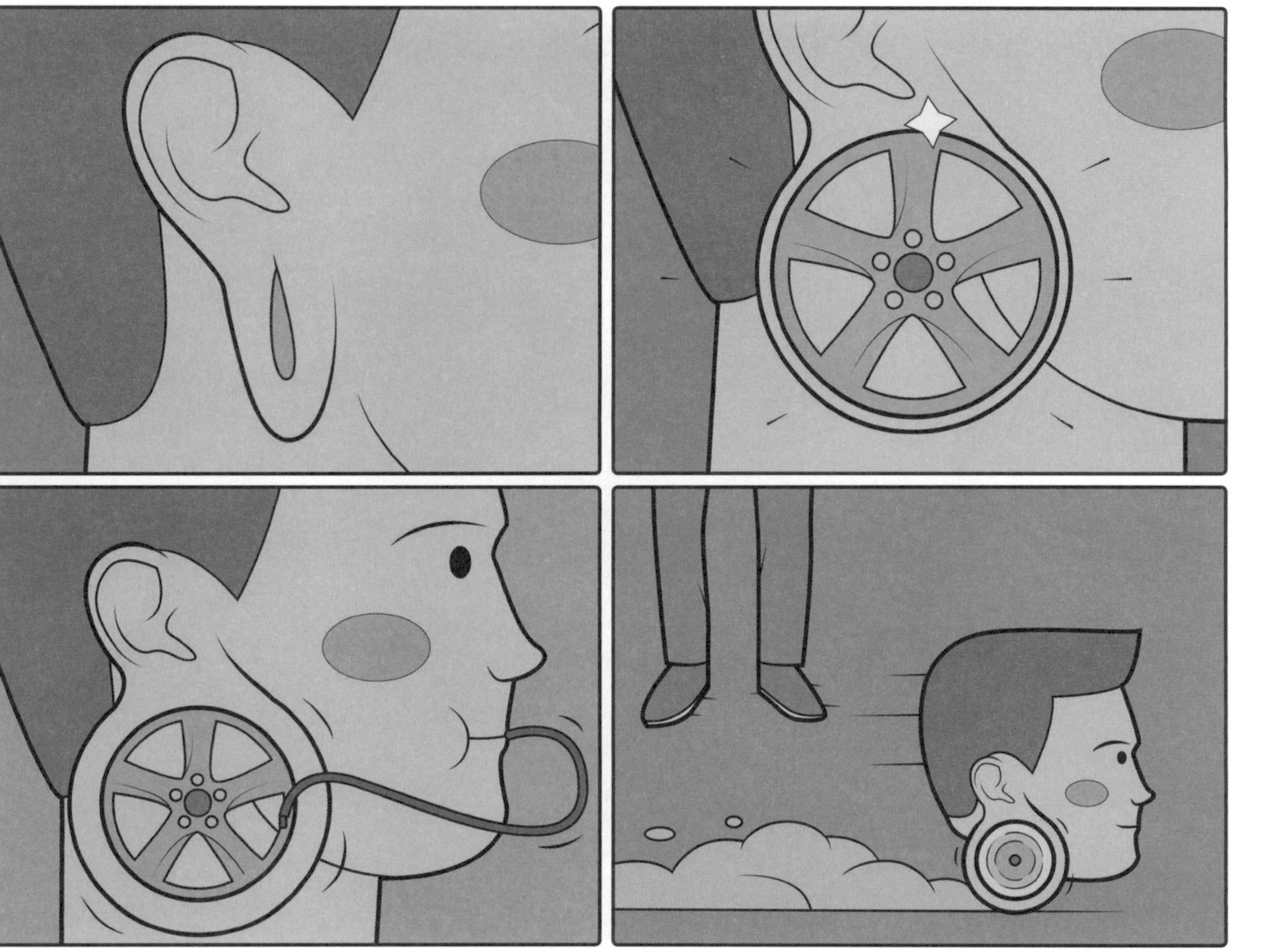

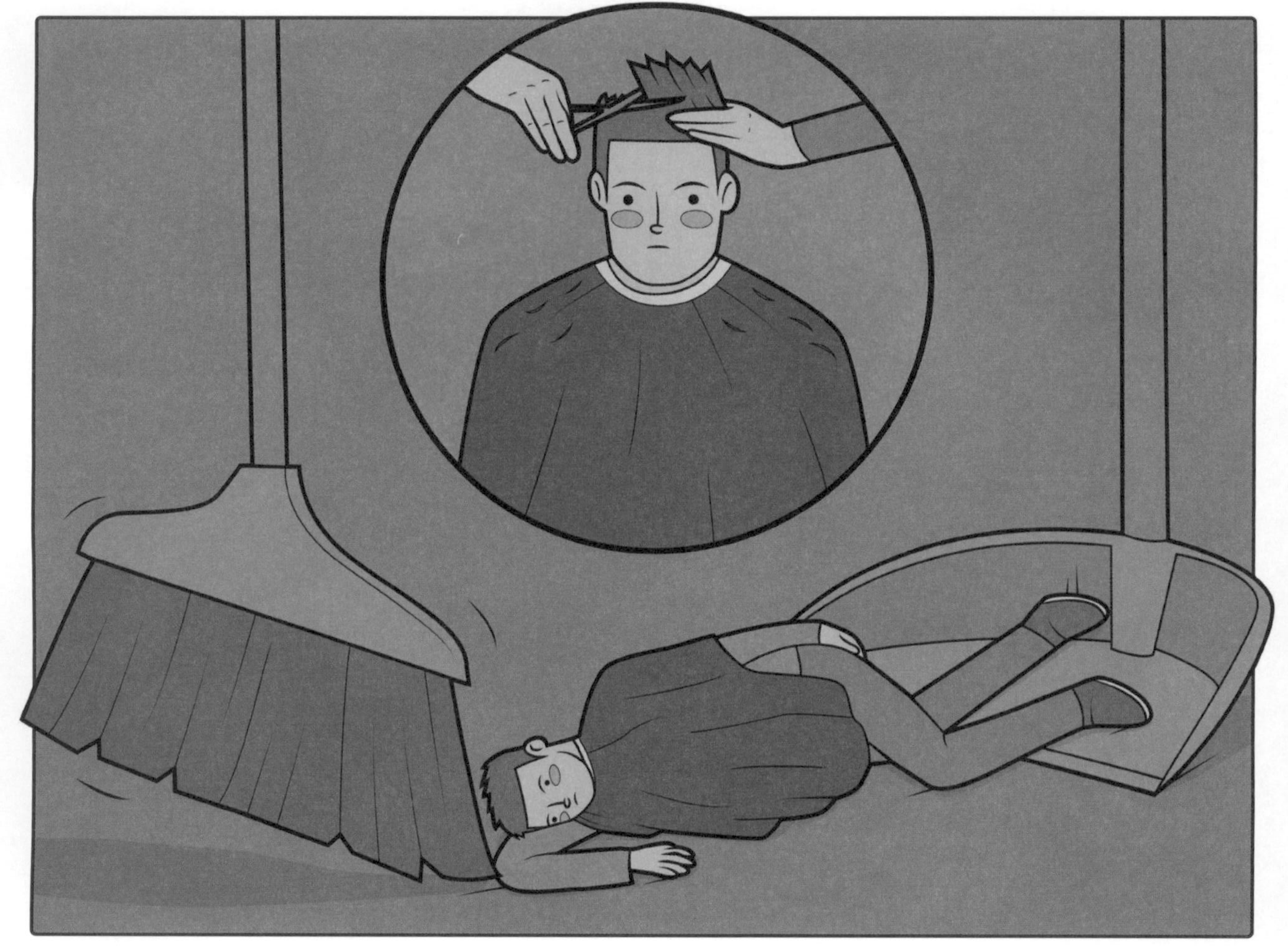

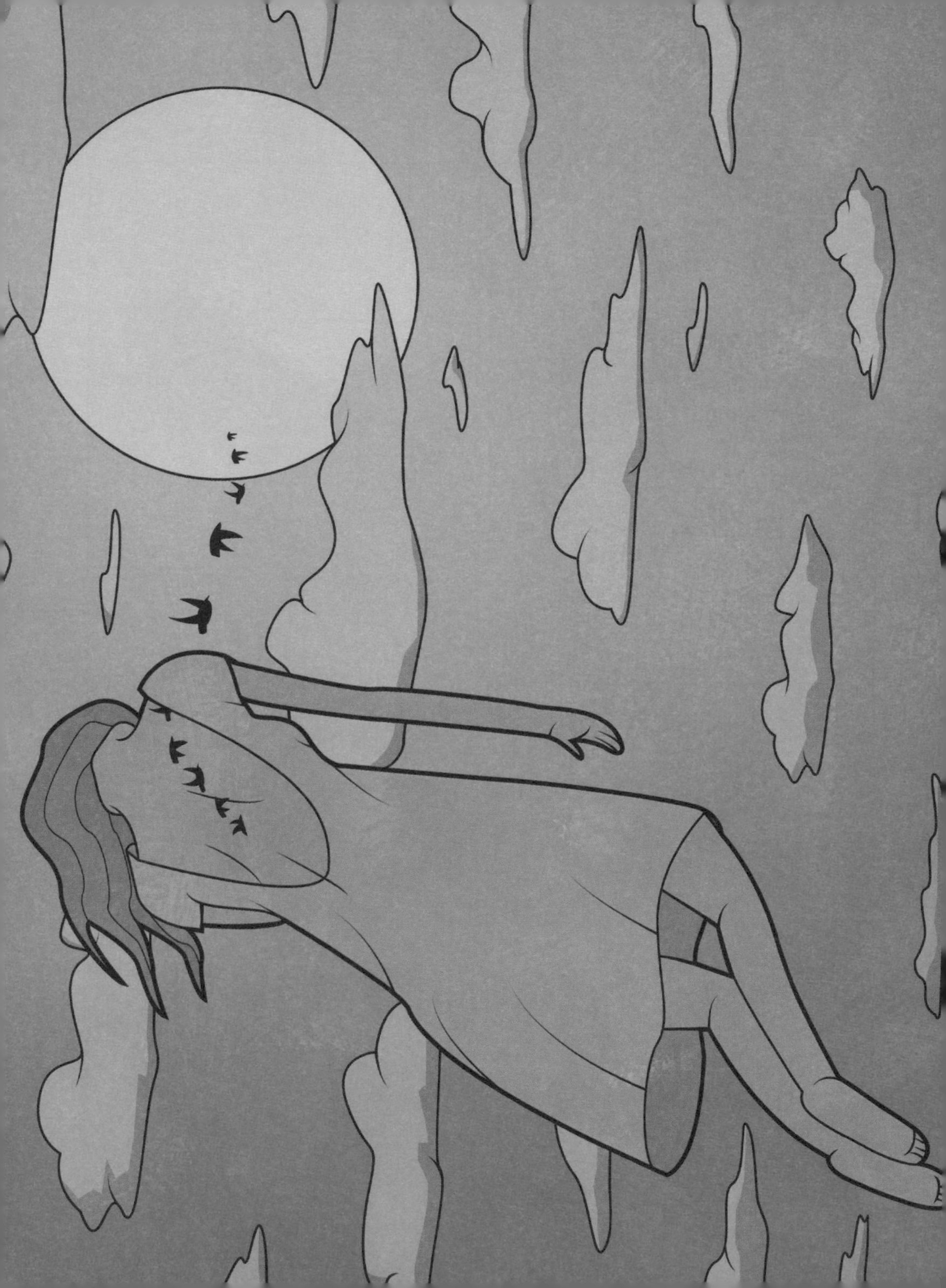

注意！
您已進入卡車的視線死角

注意！
生活目標已進入您的視線死角

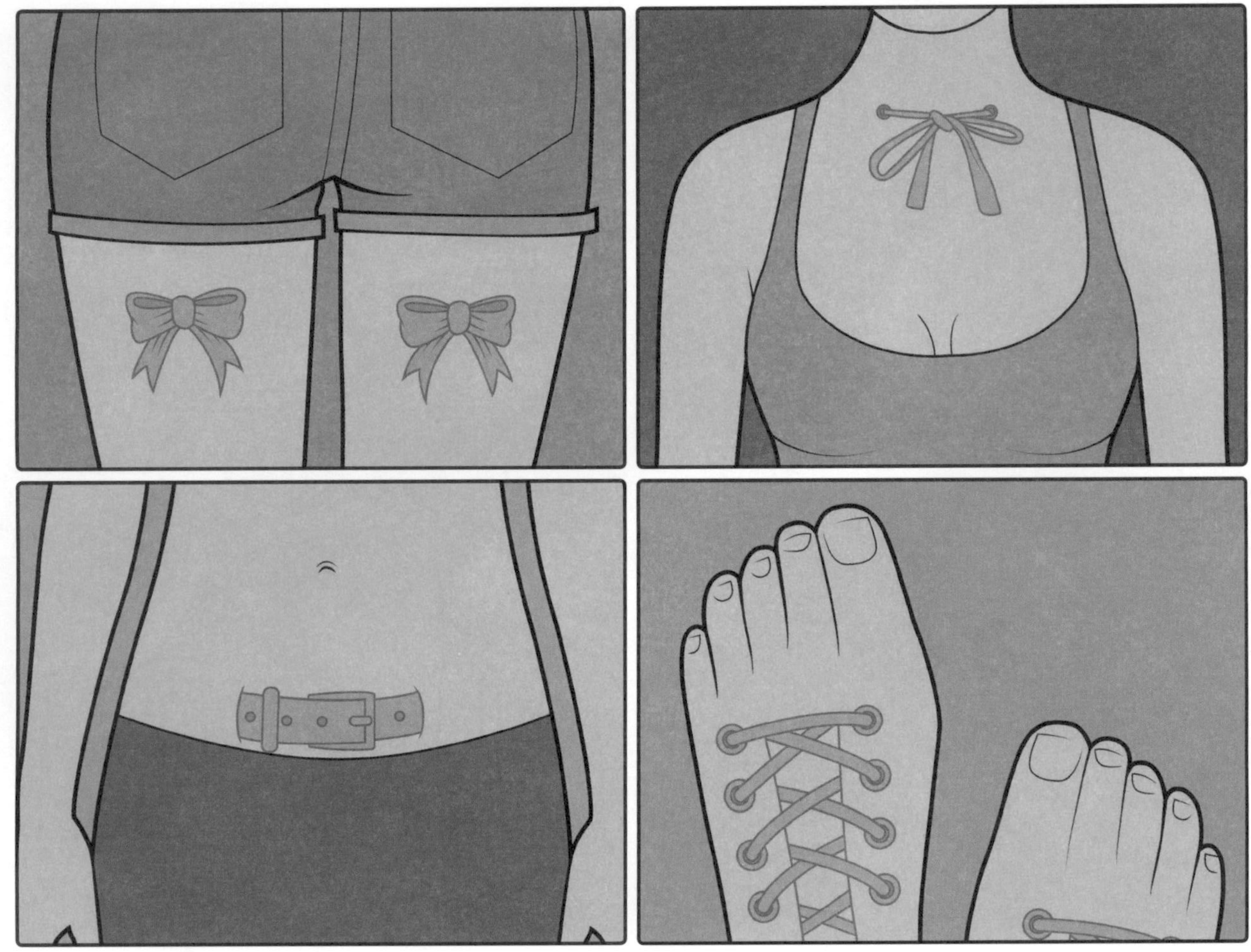

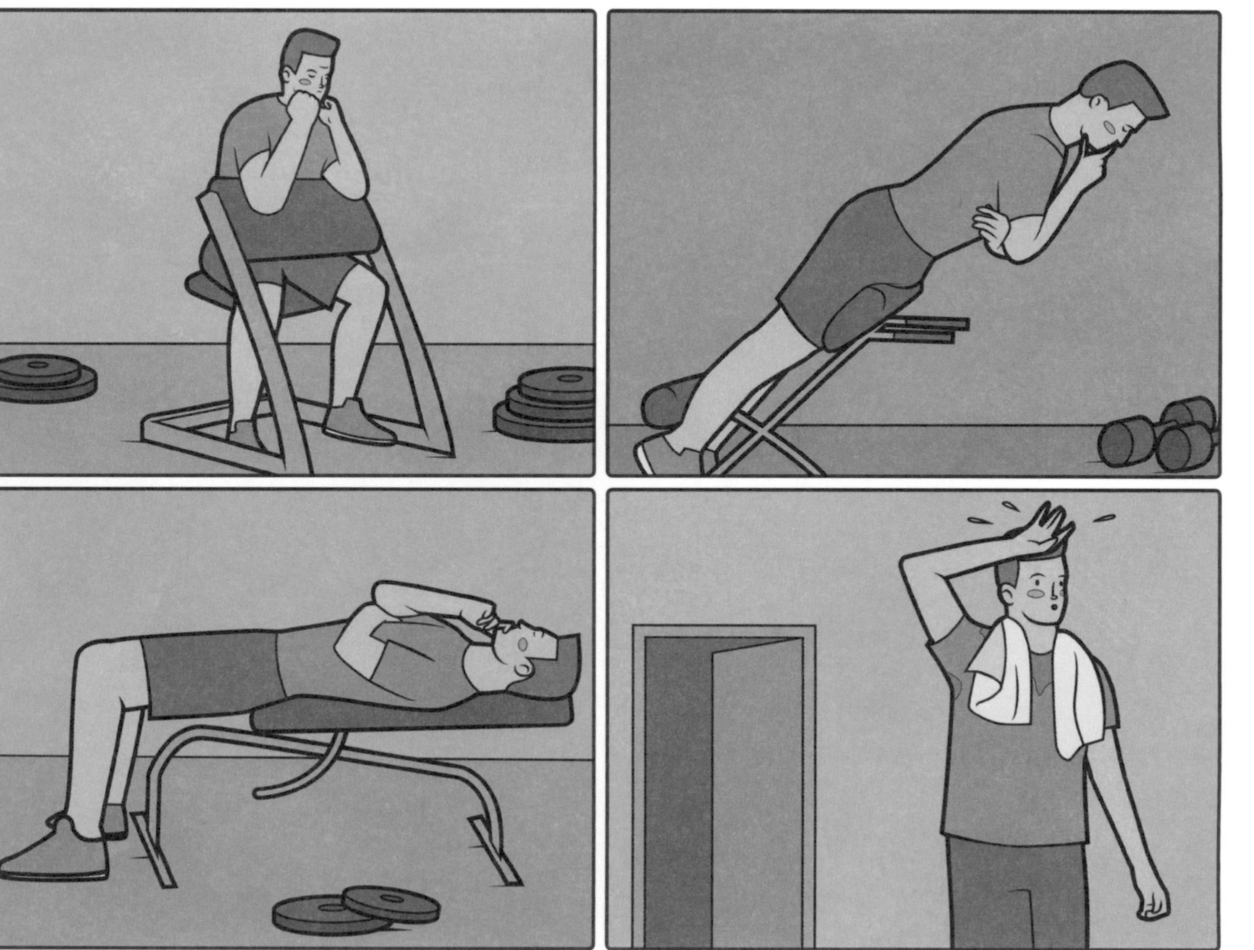

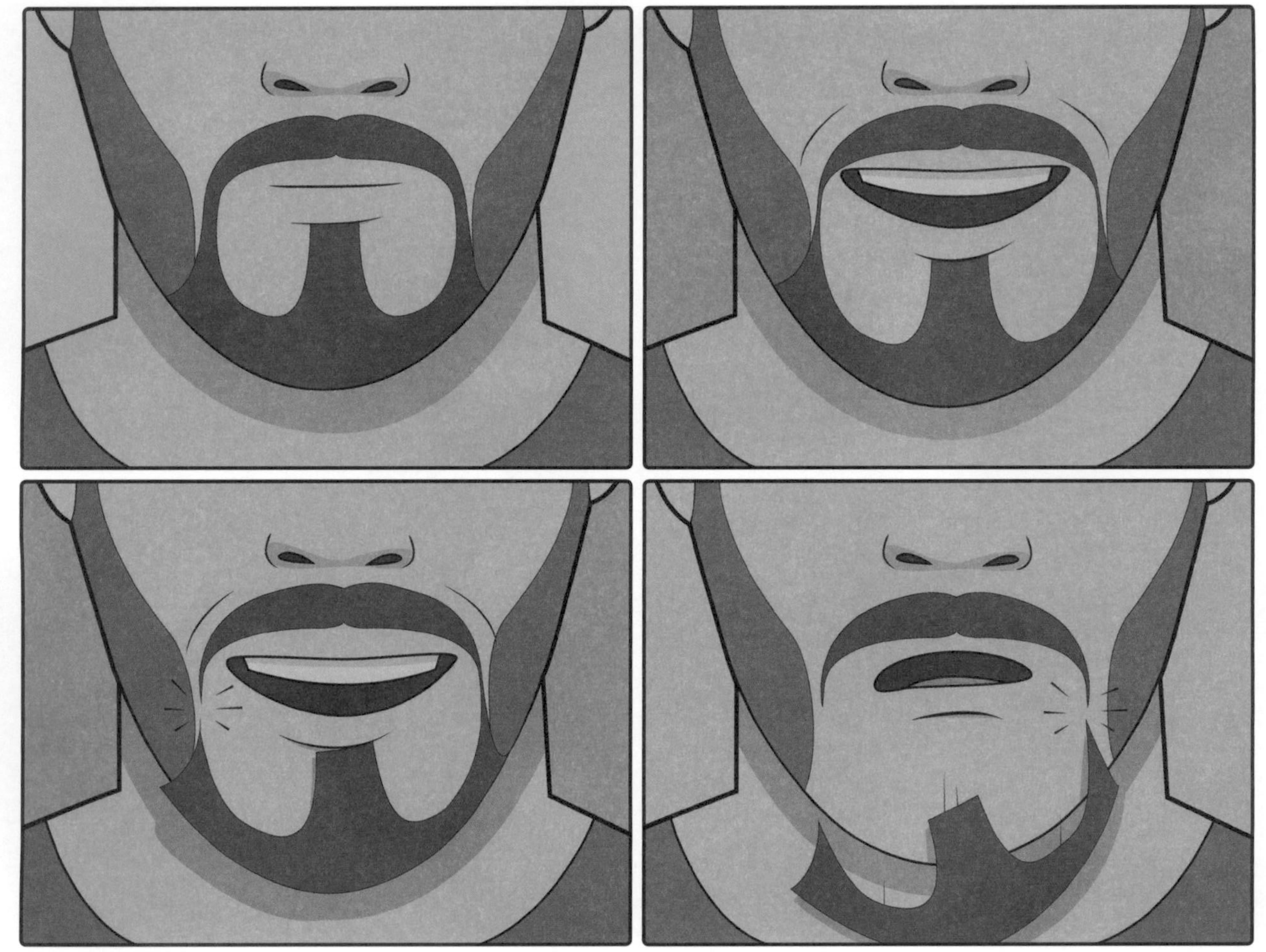

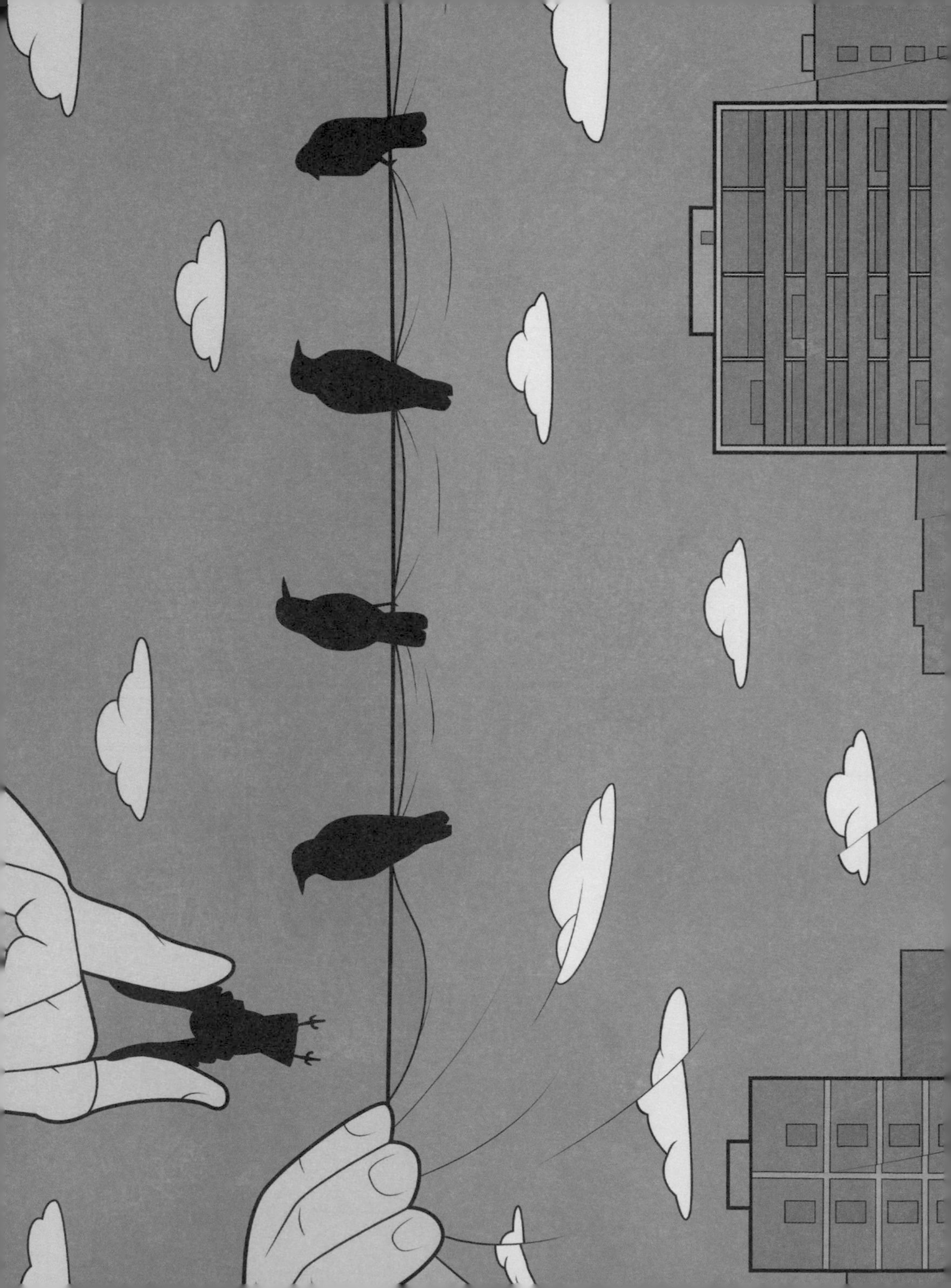

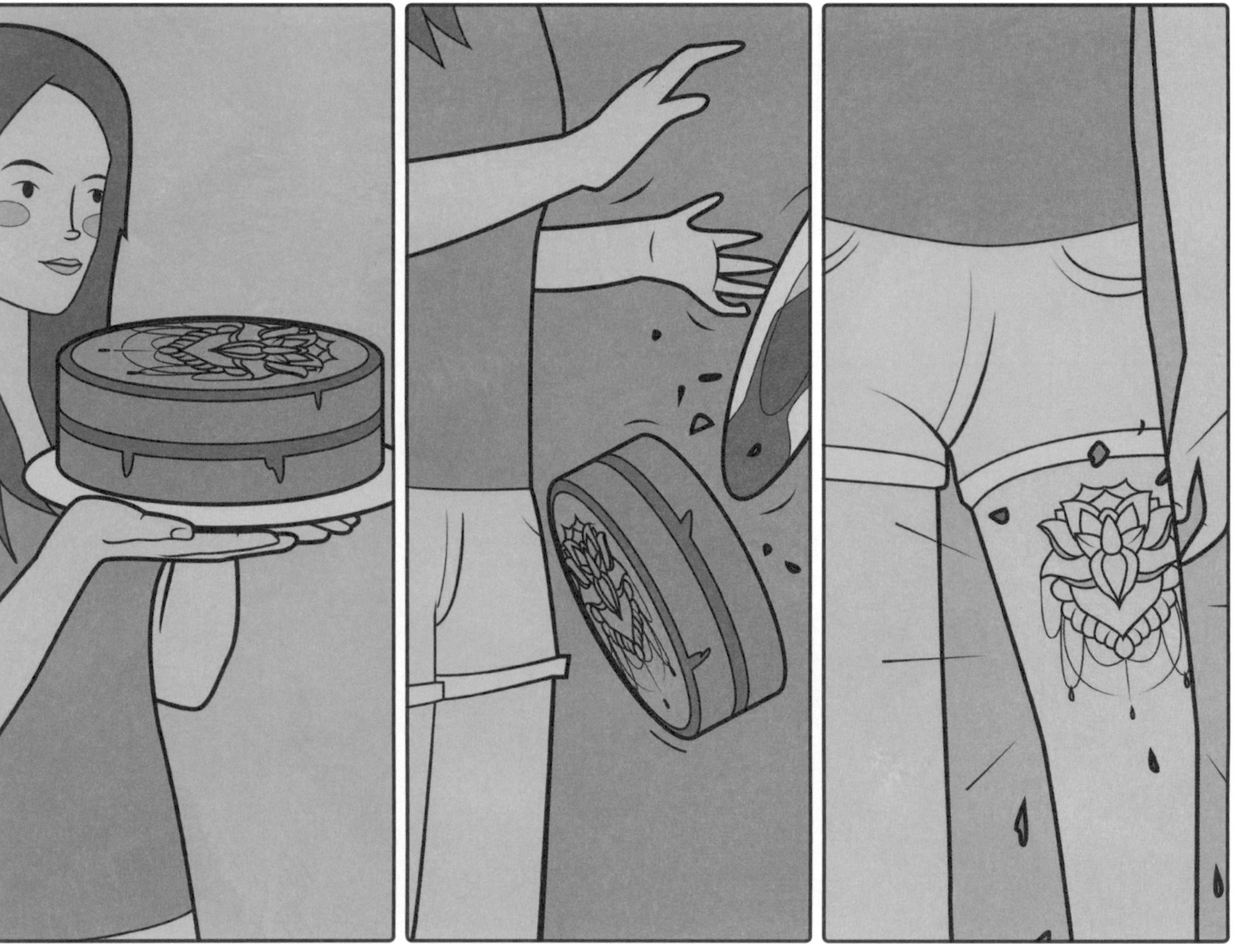

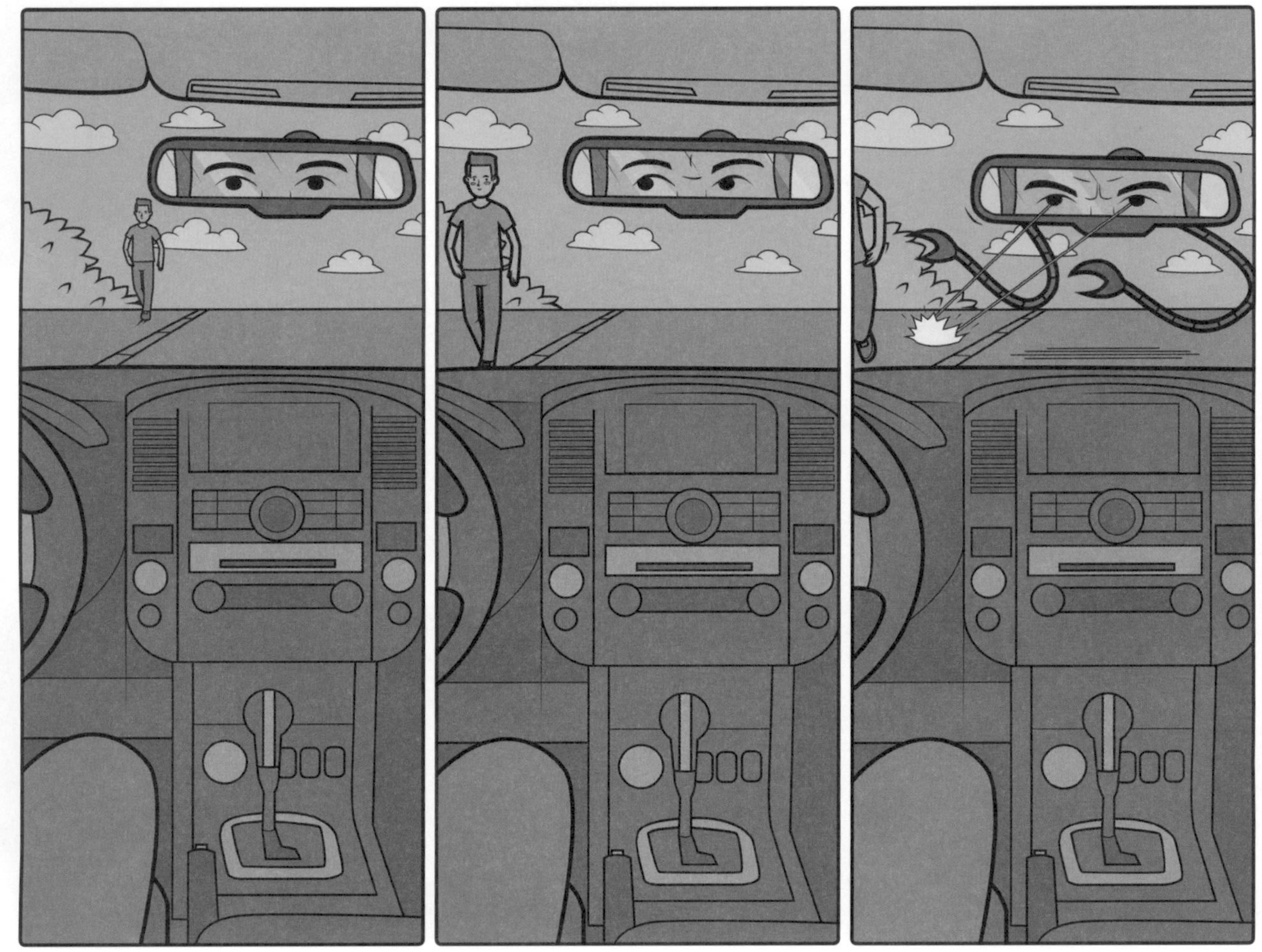

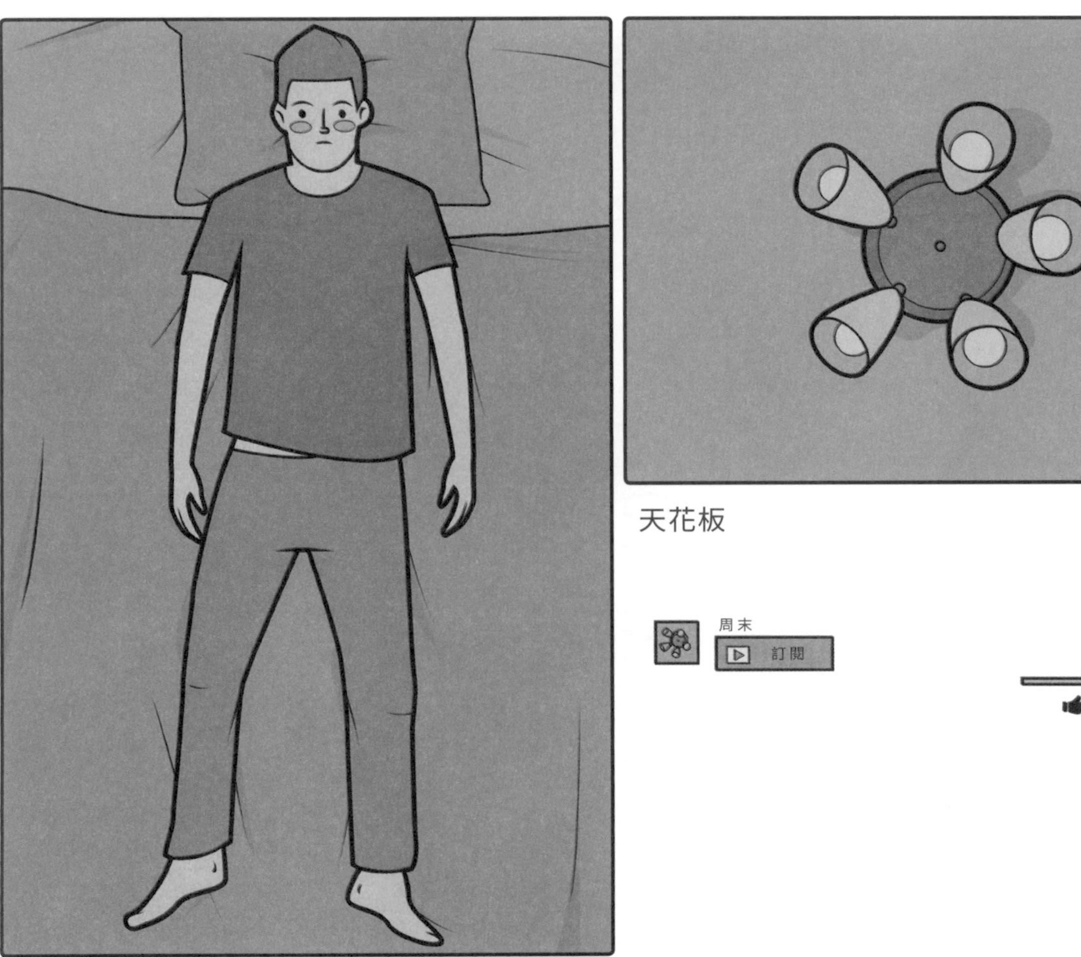
天花板
周末
訂閱
1,099,607

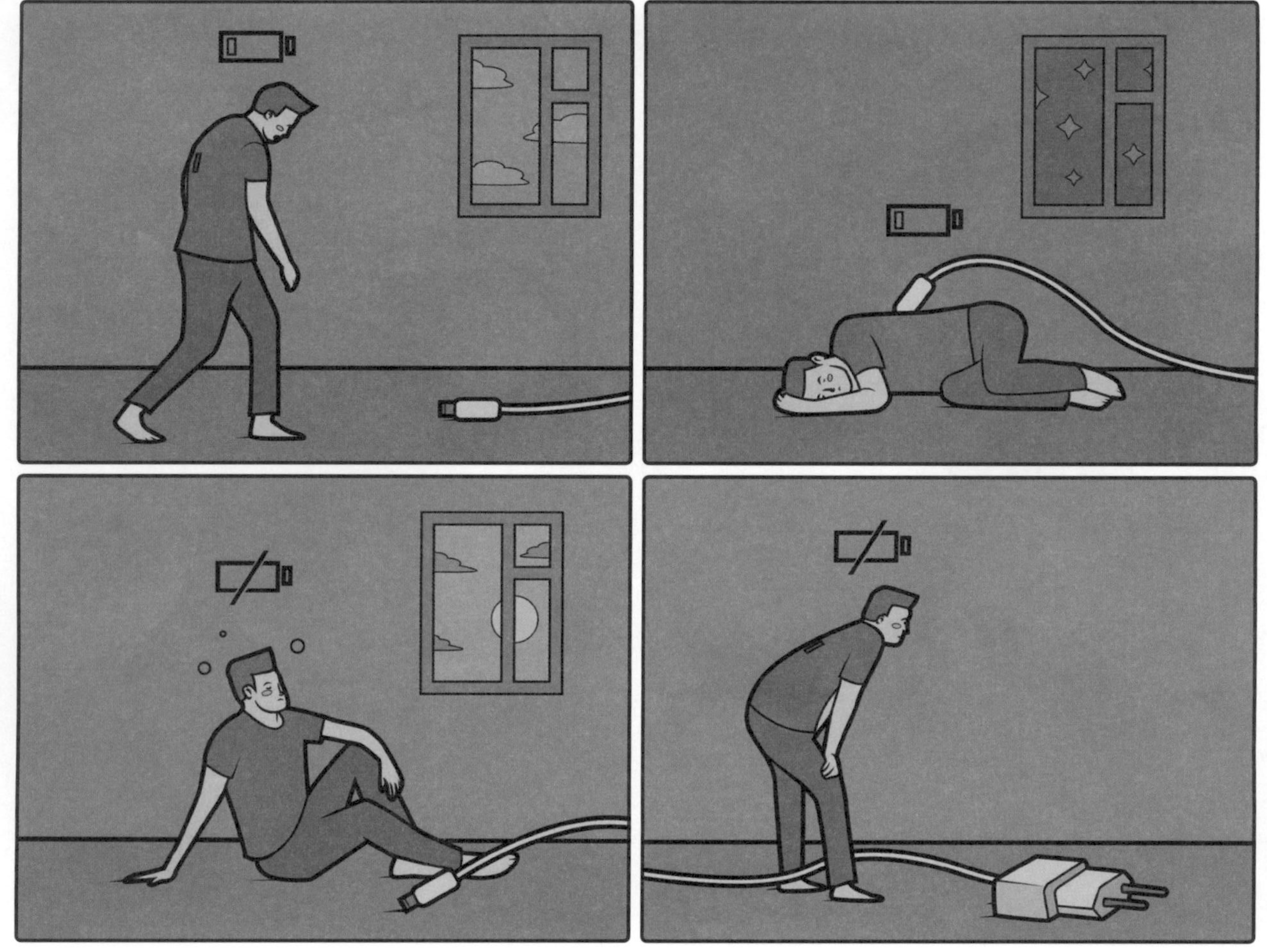

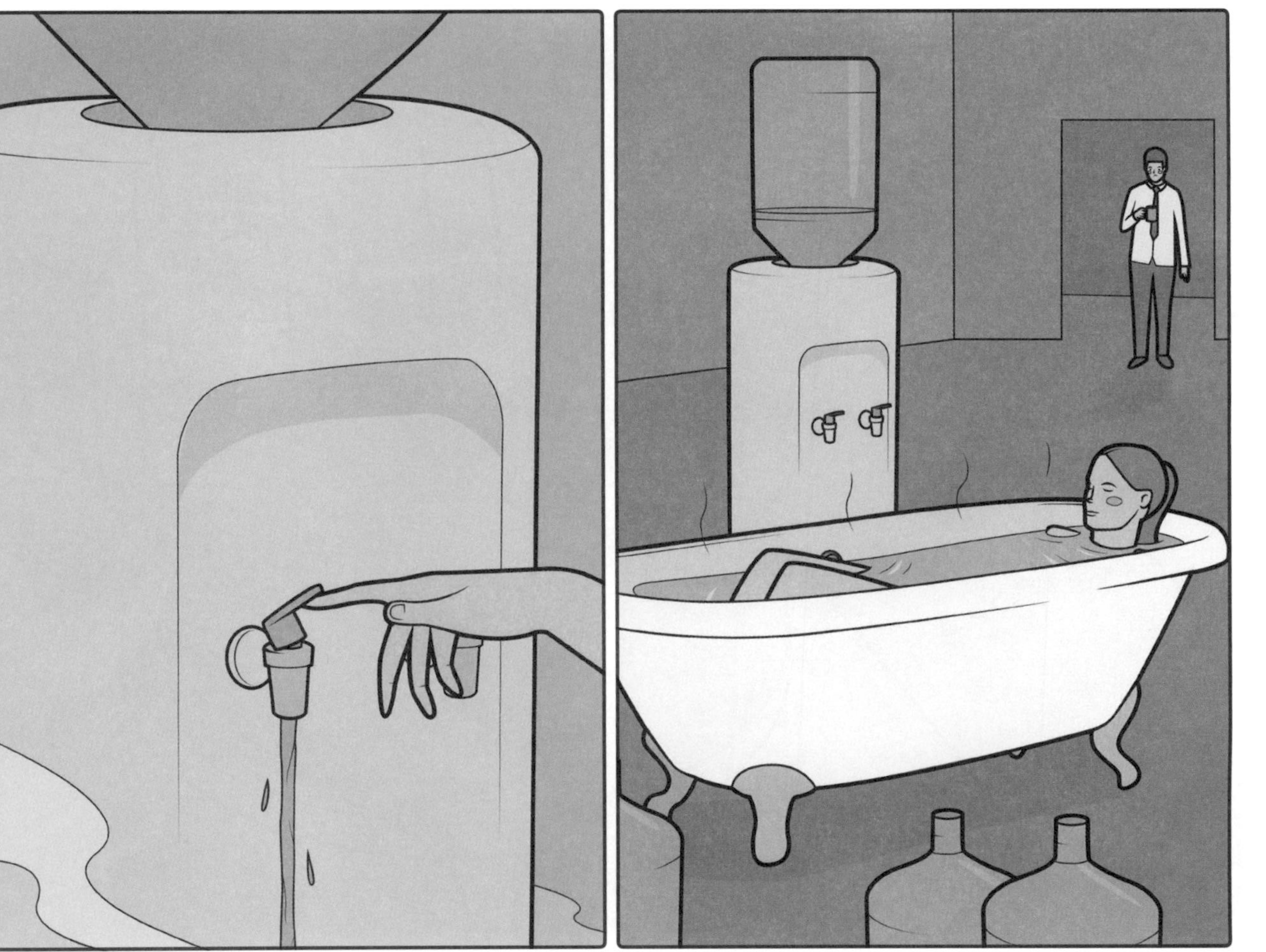

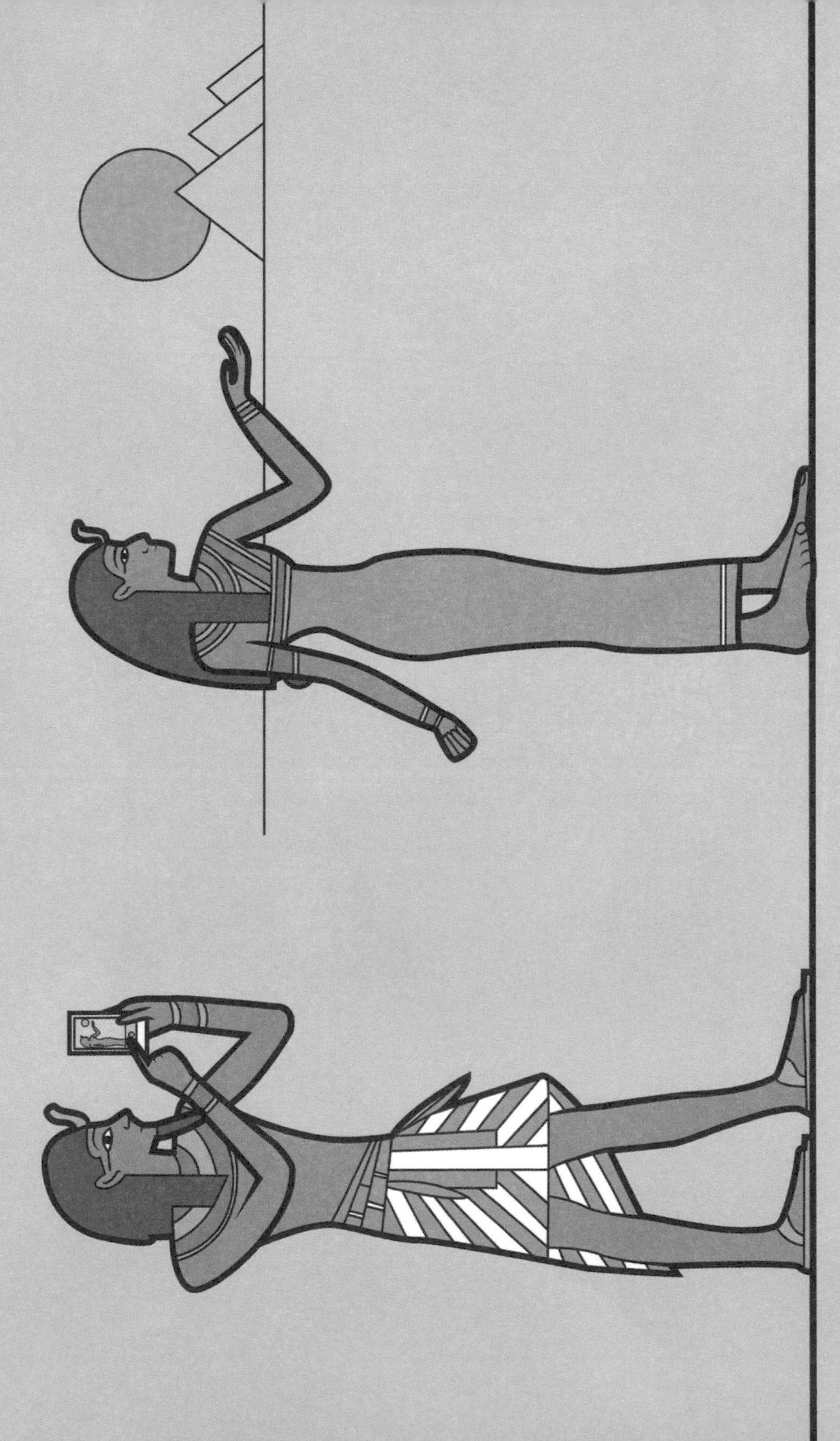

品牌
-50%
-50%
-50%
-50%
-50%
-50

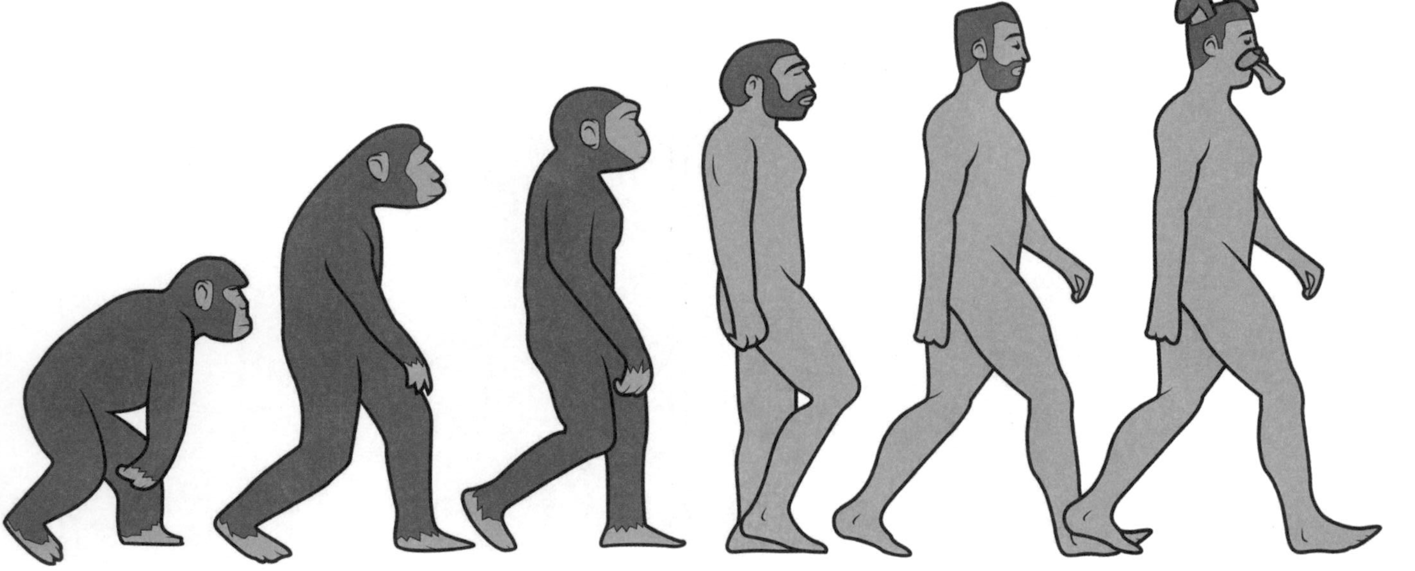

1
2
1
3

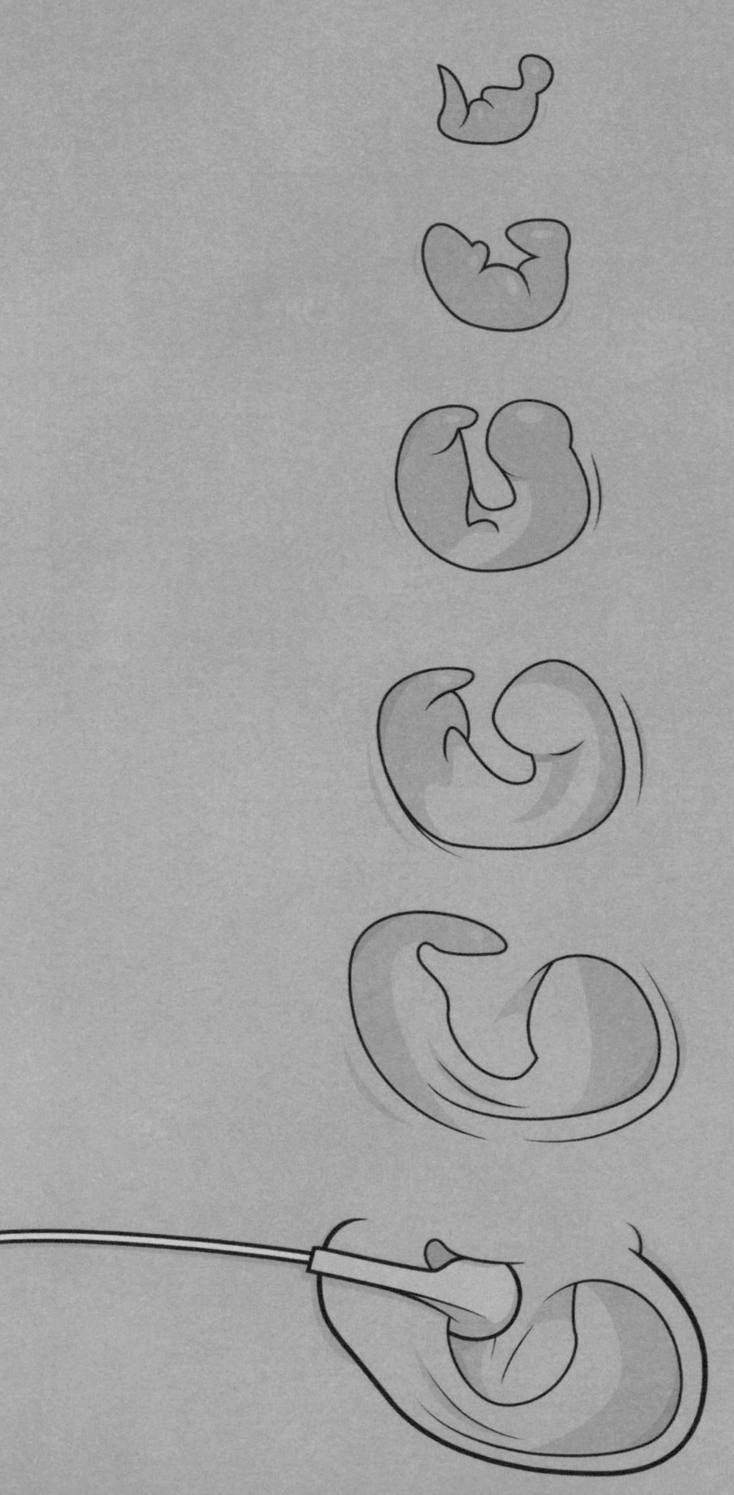

Z Z Z

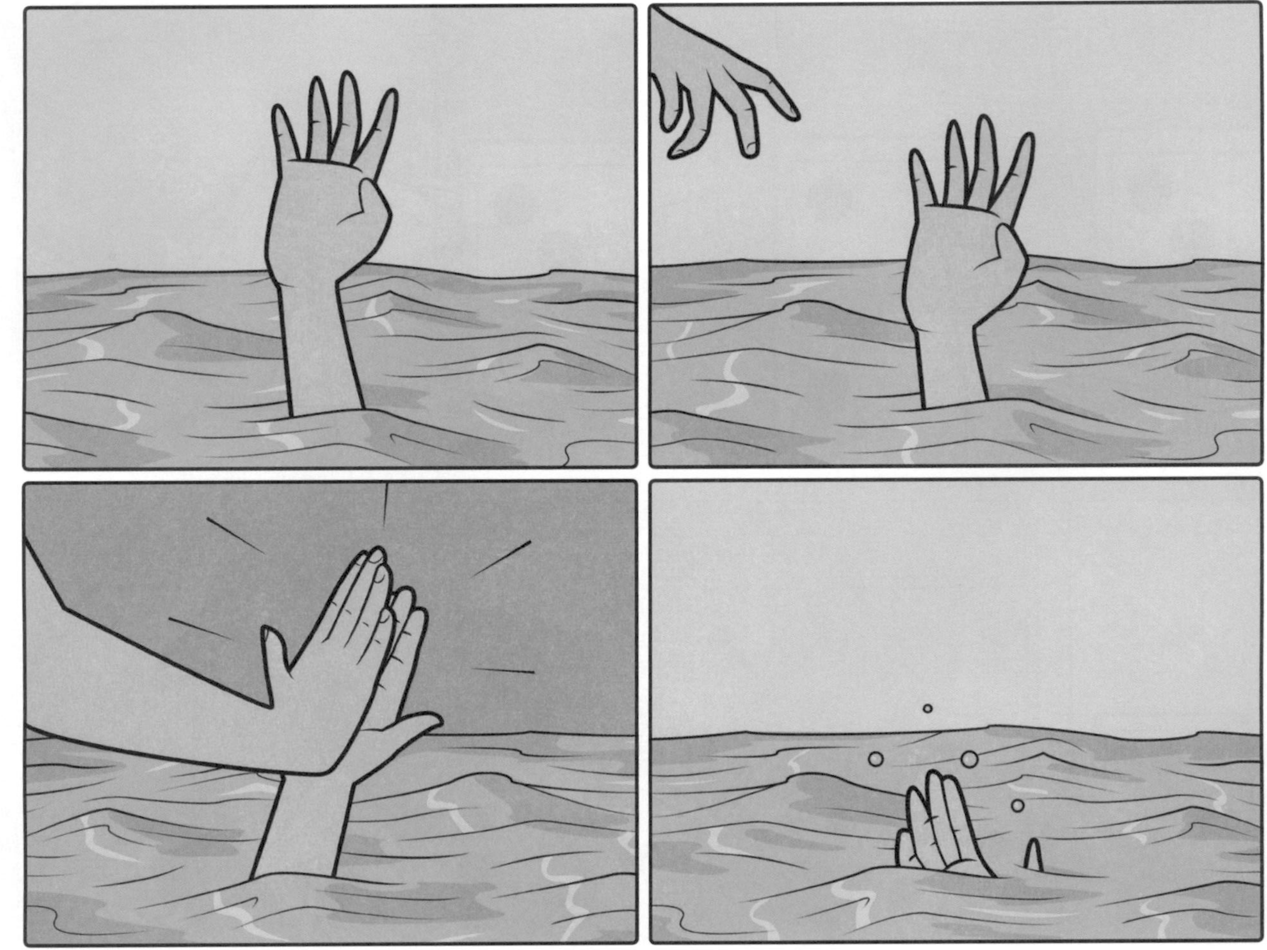

+1

Espresso
John

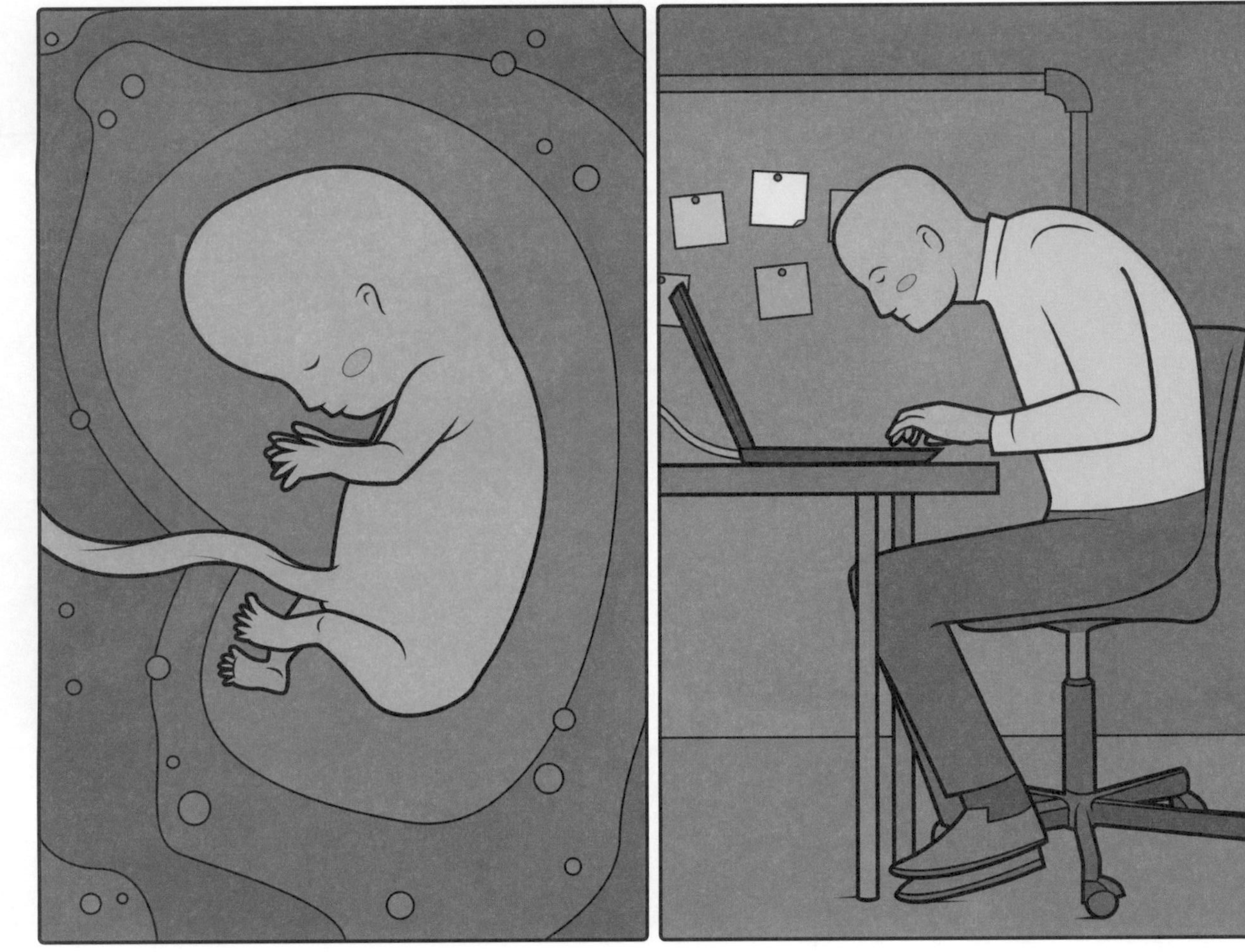

期望

現實

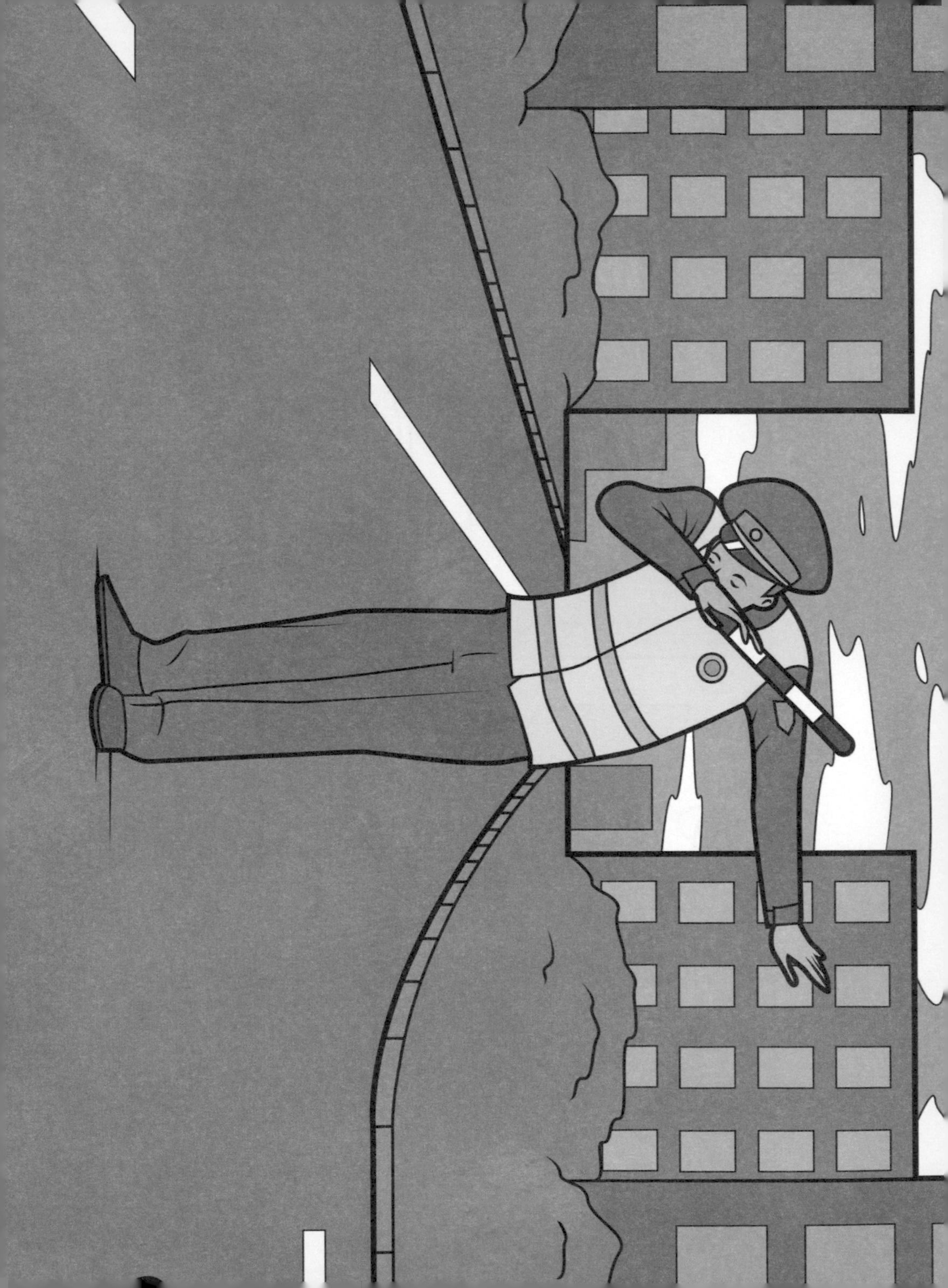

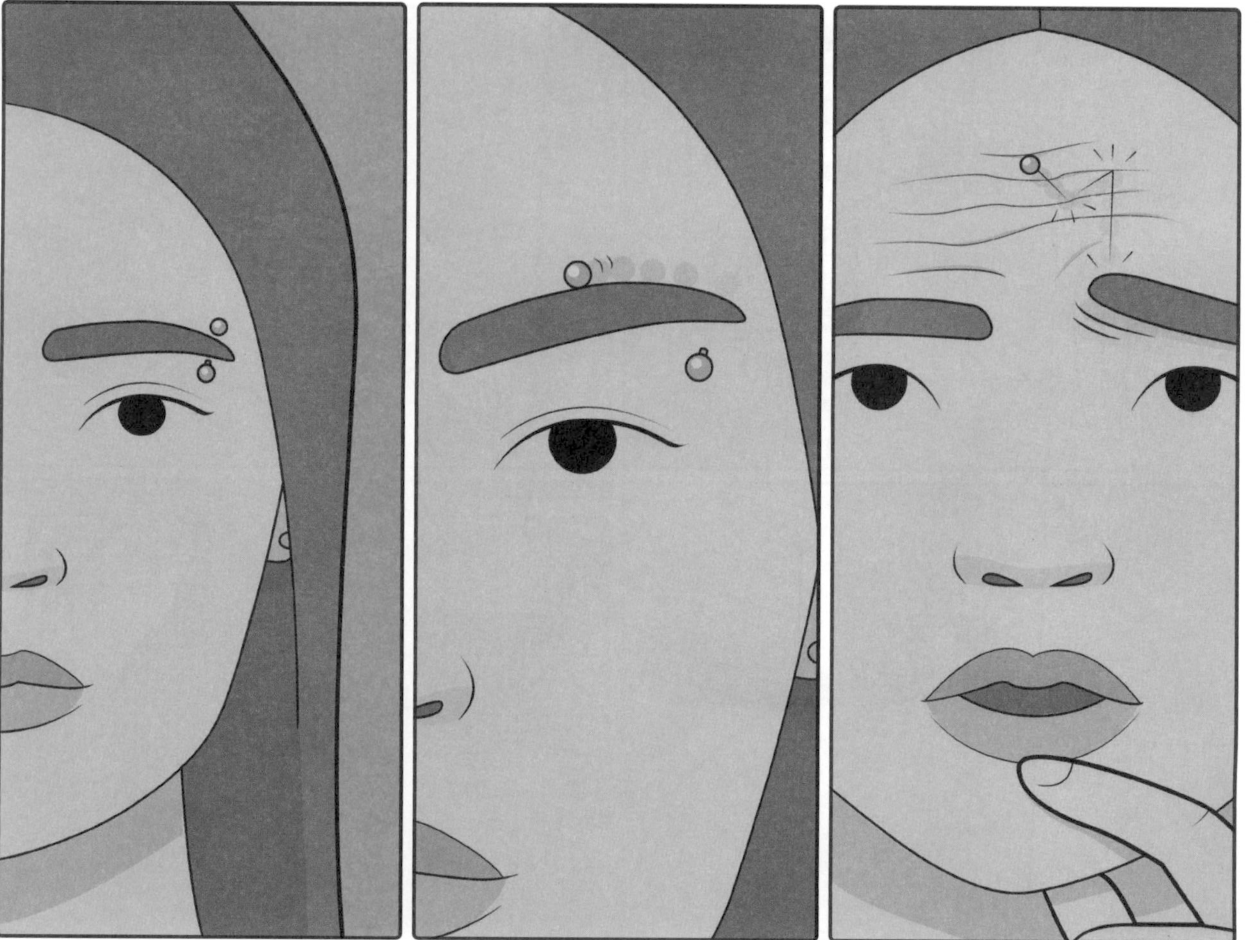

員工

覺得幸運

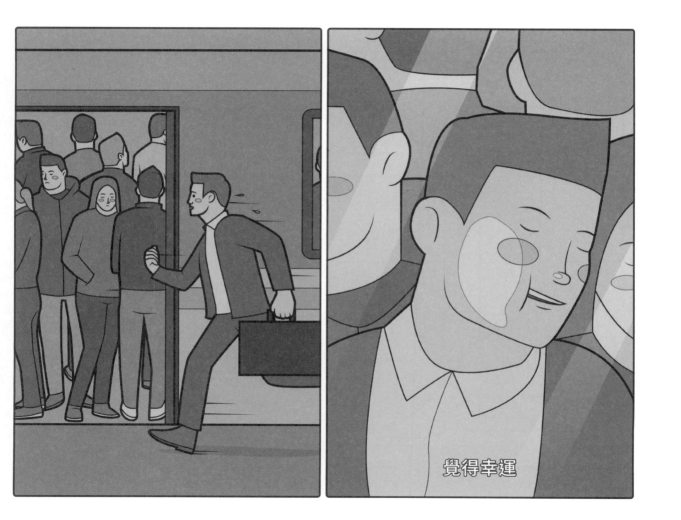

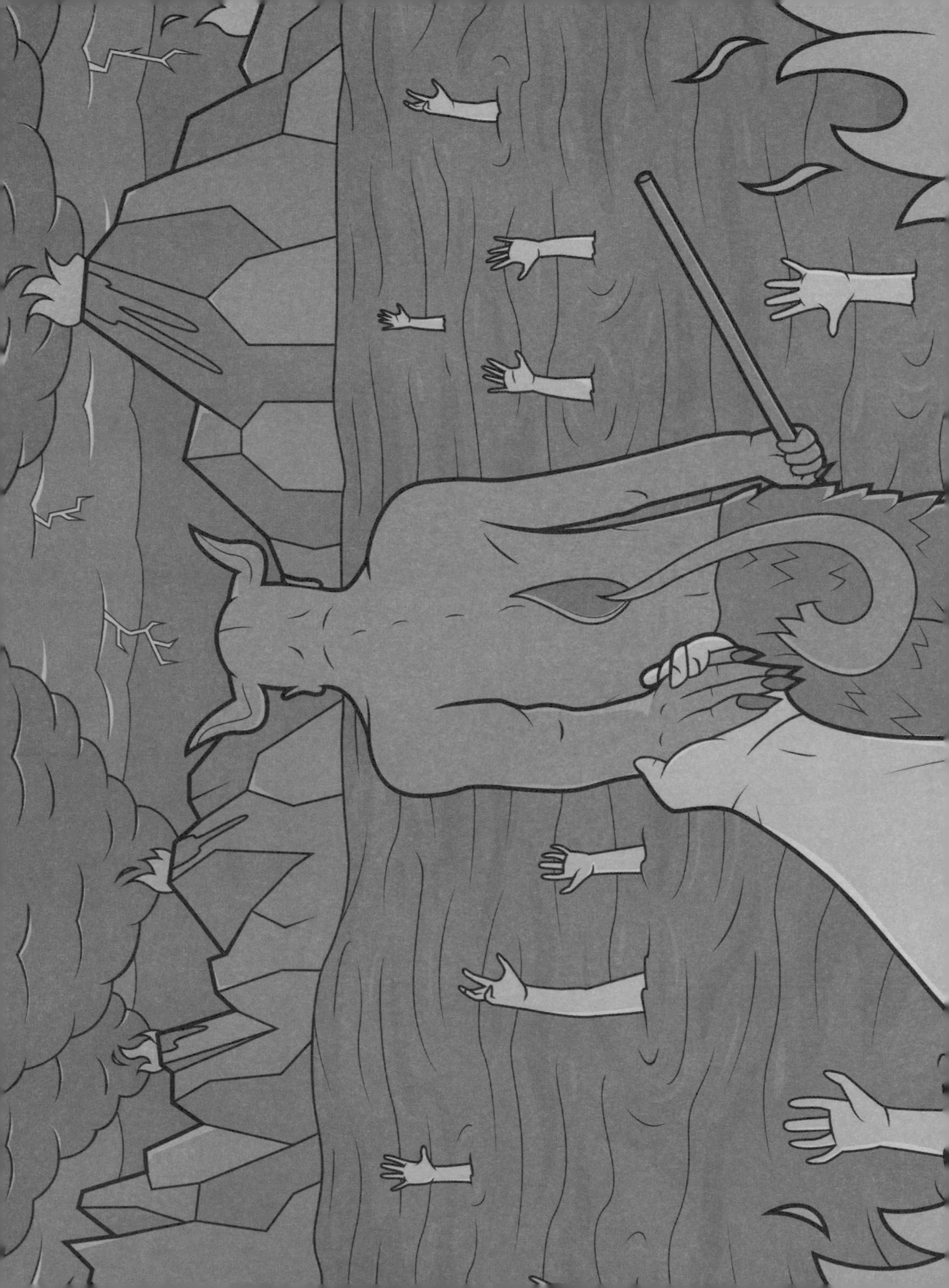

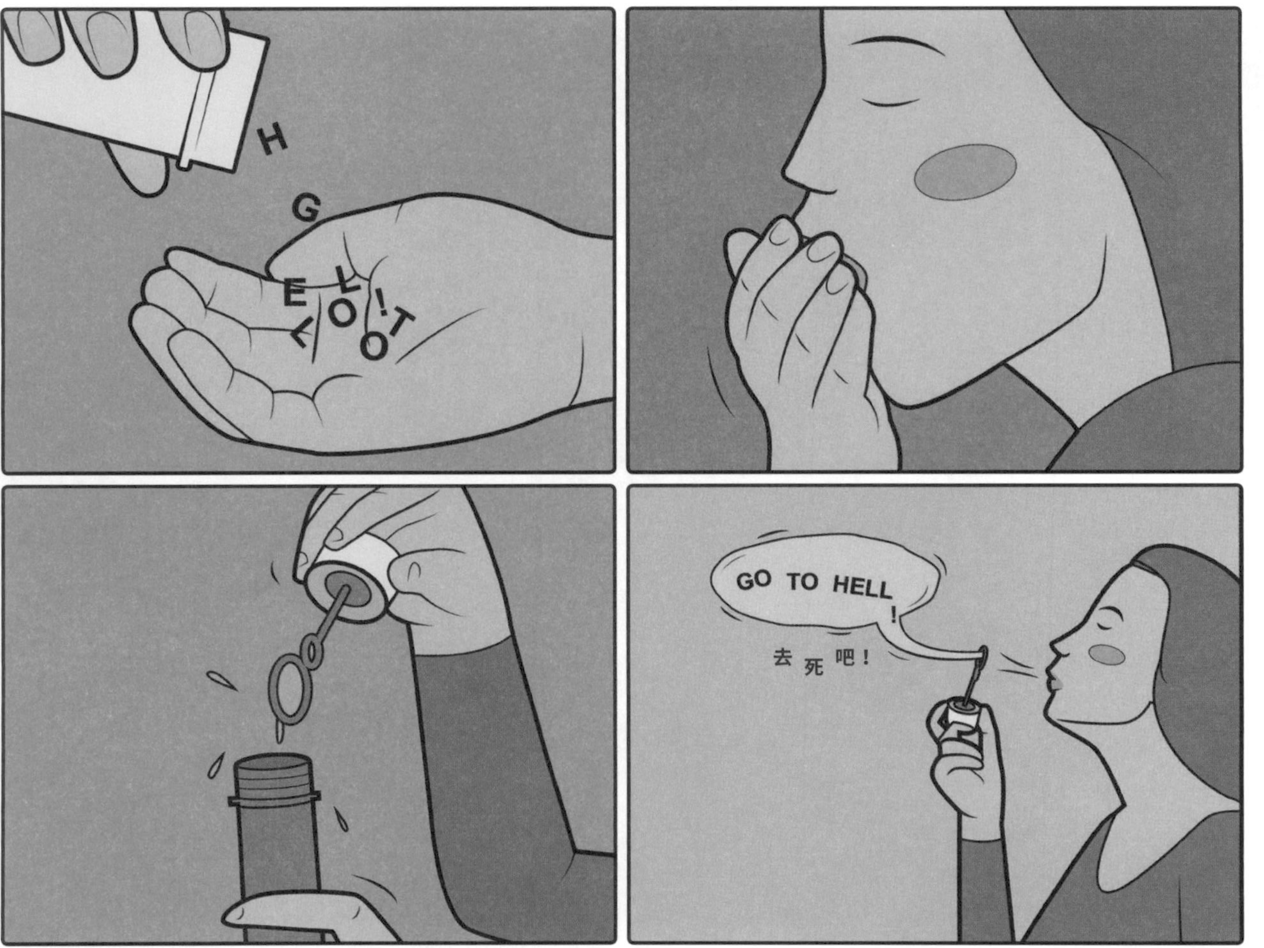
GO TO HELL!
去死吧！

髮型趨勢圖

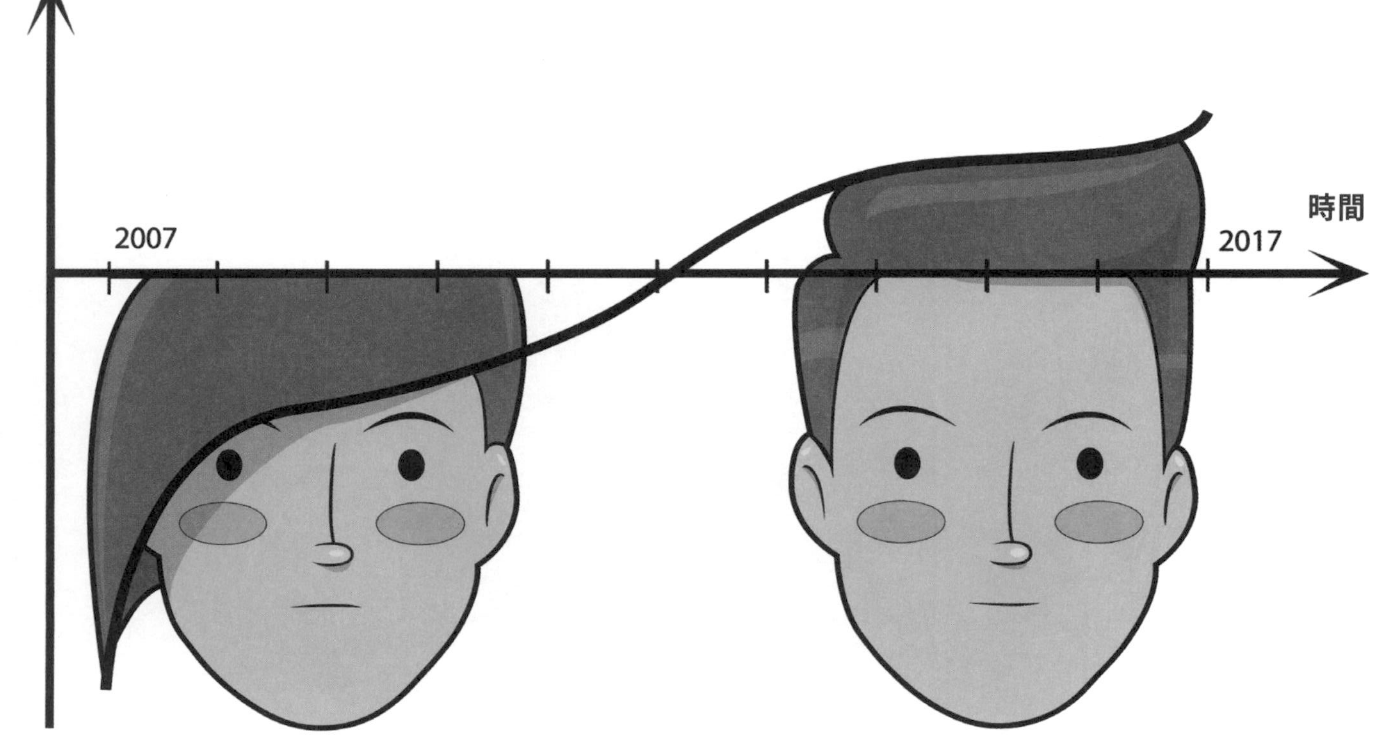

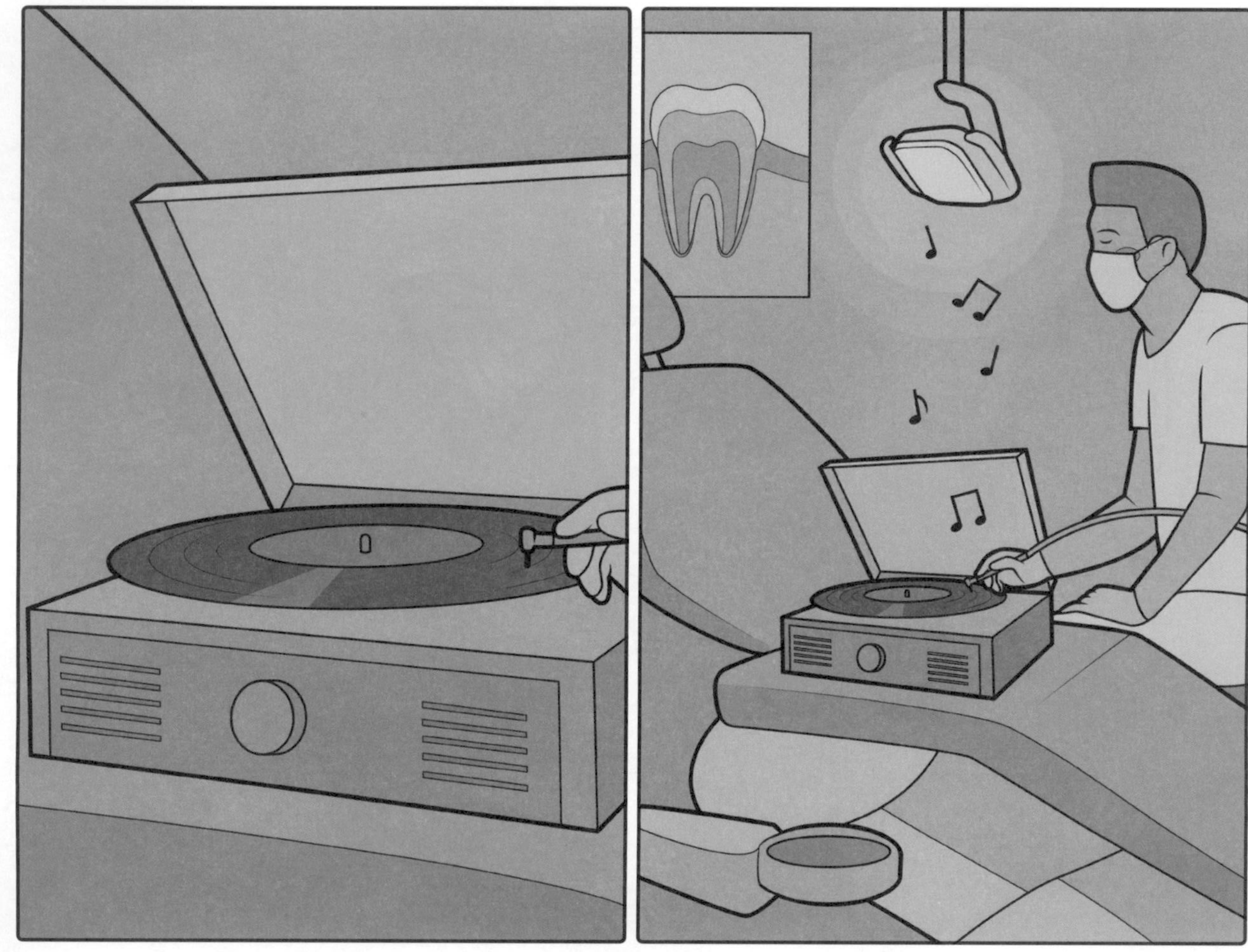

早安！
GOOD MORNING!

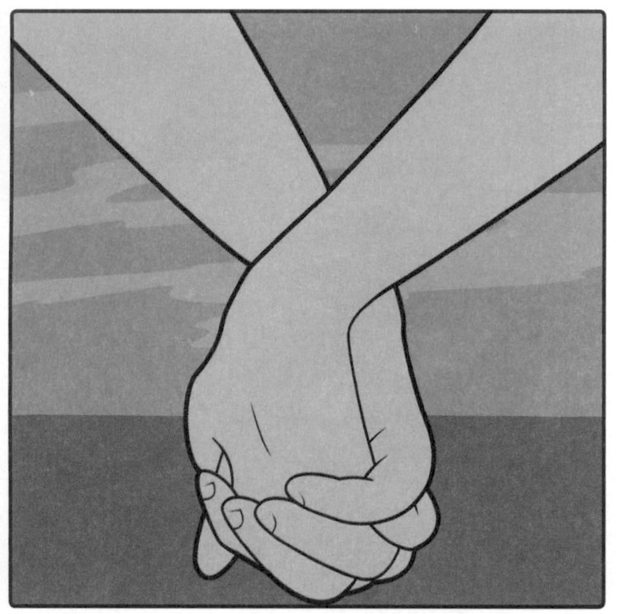

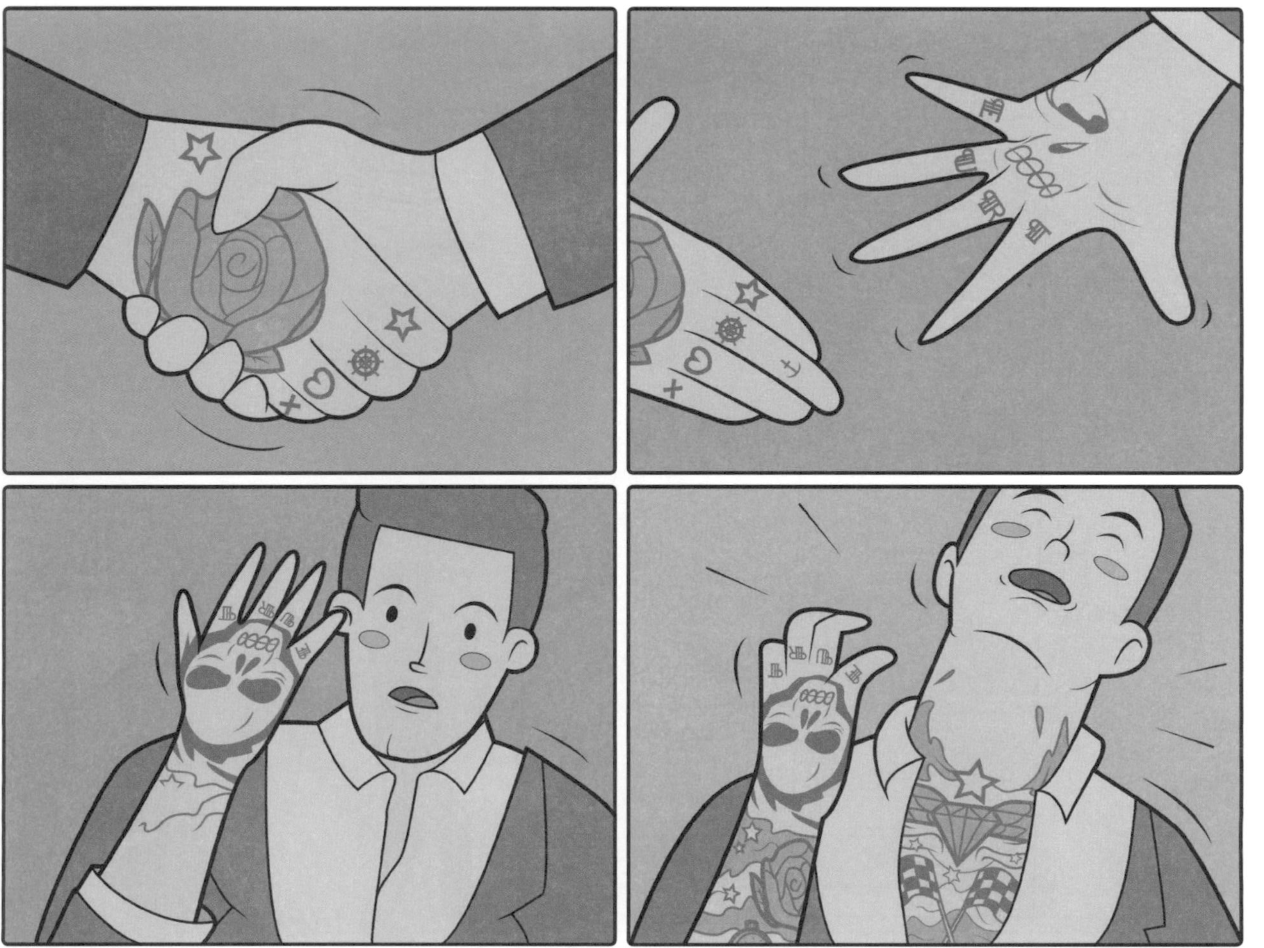

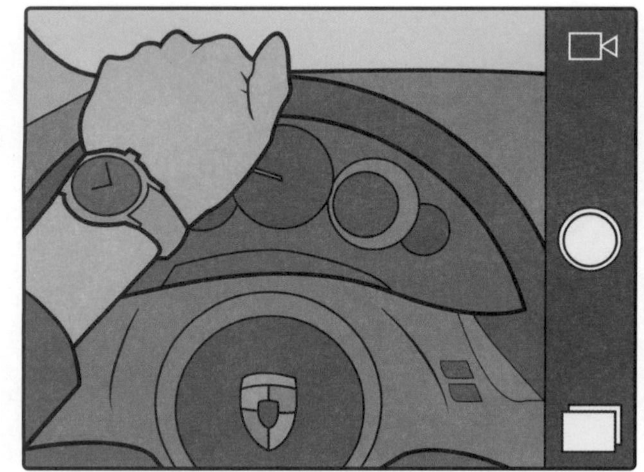

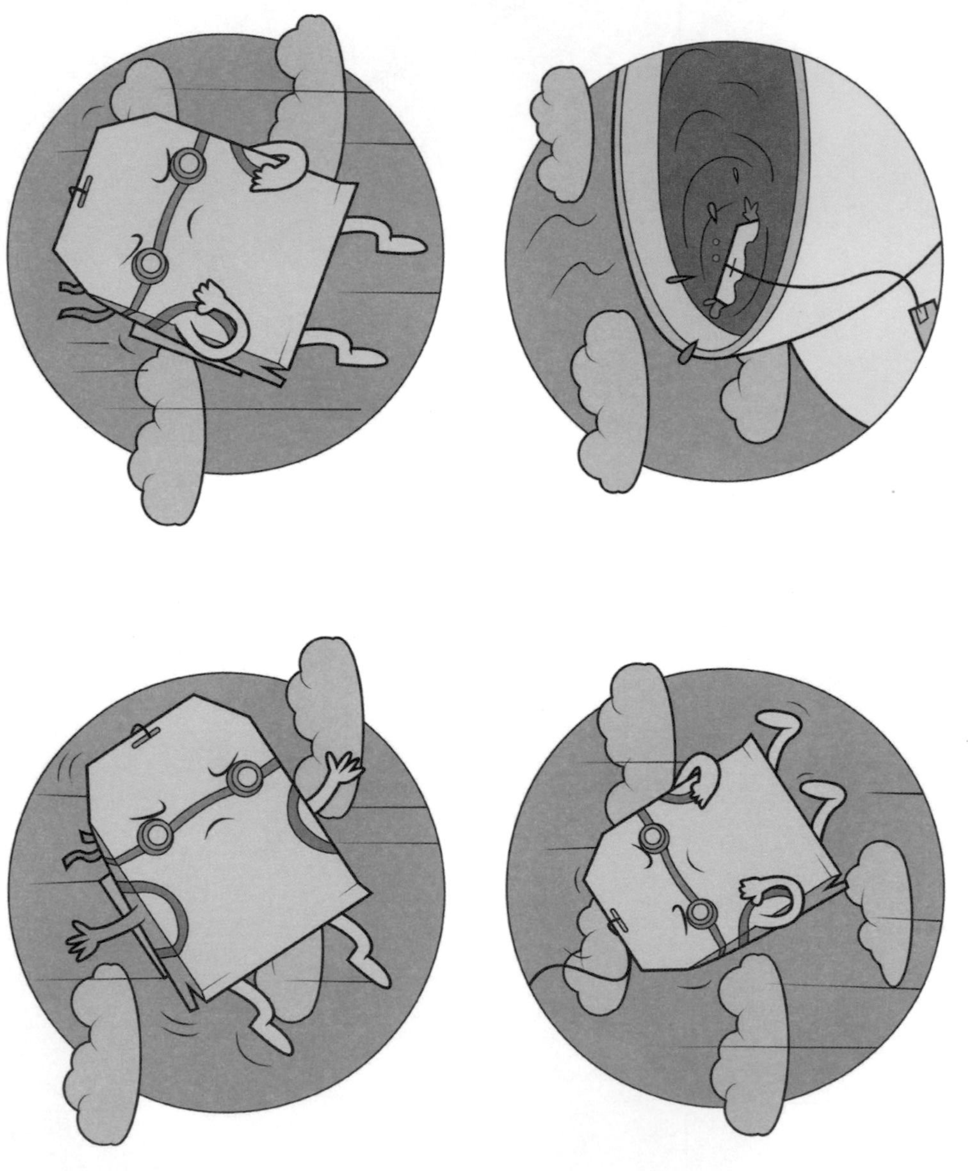

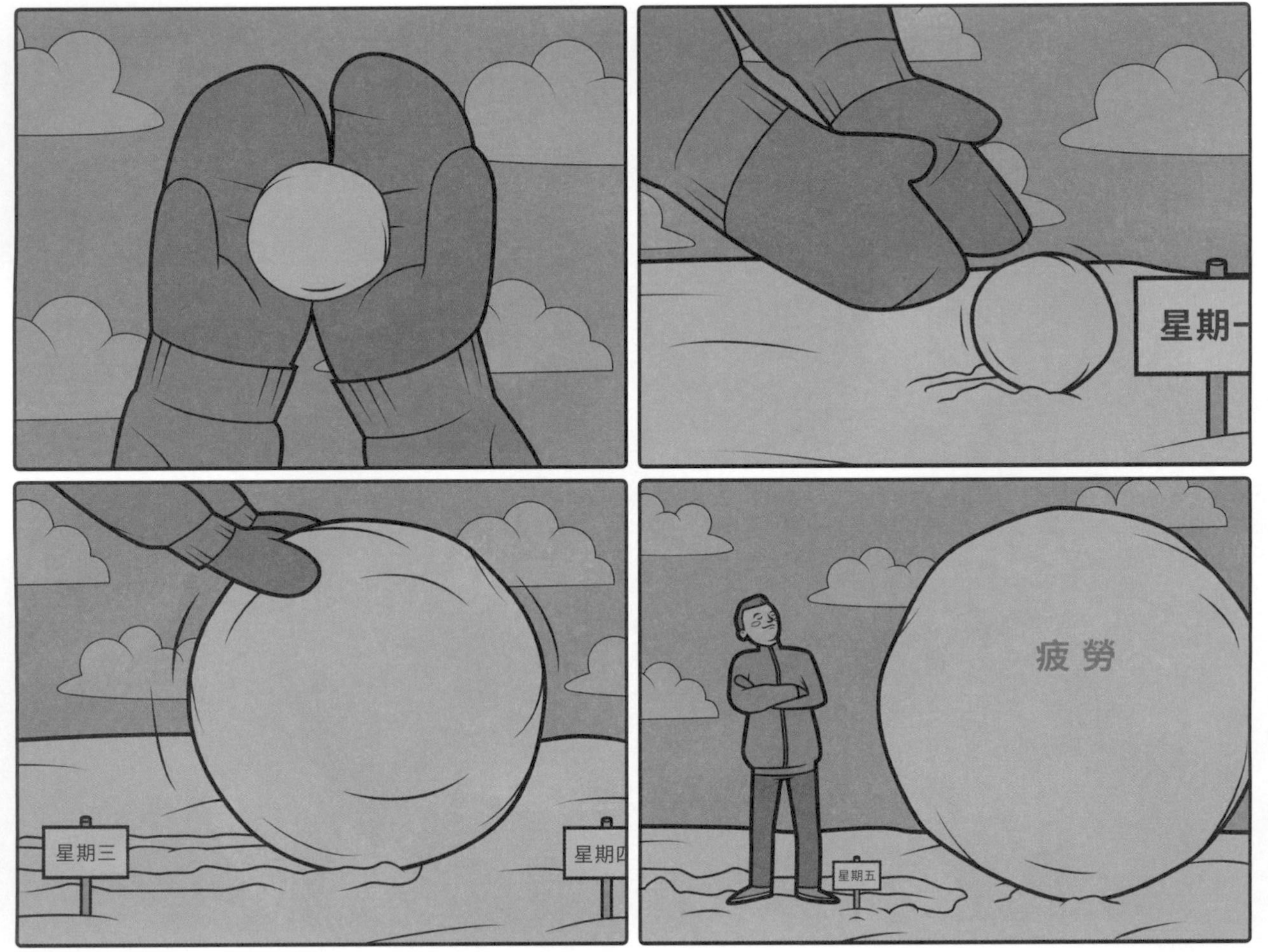
星期一
星期三
星期四
星期五
疲勞

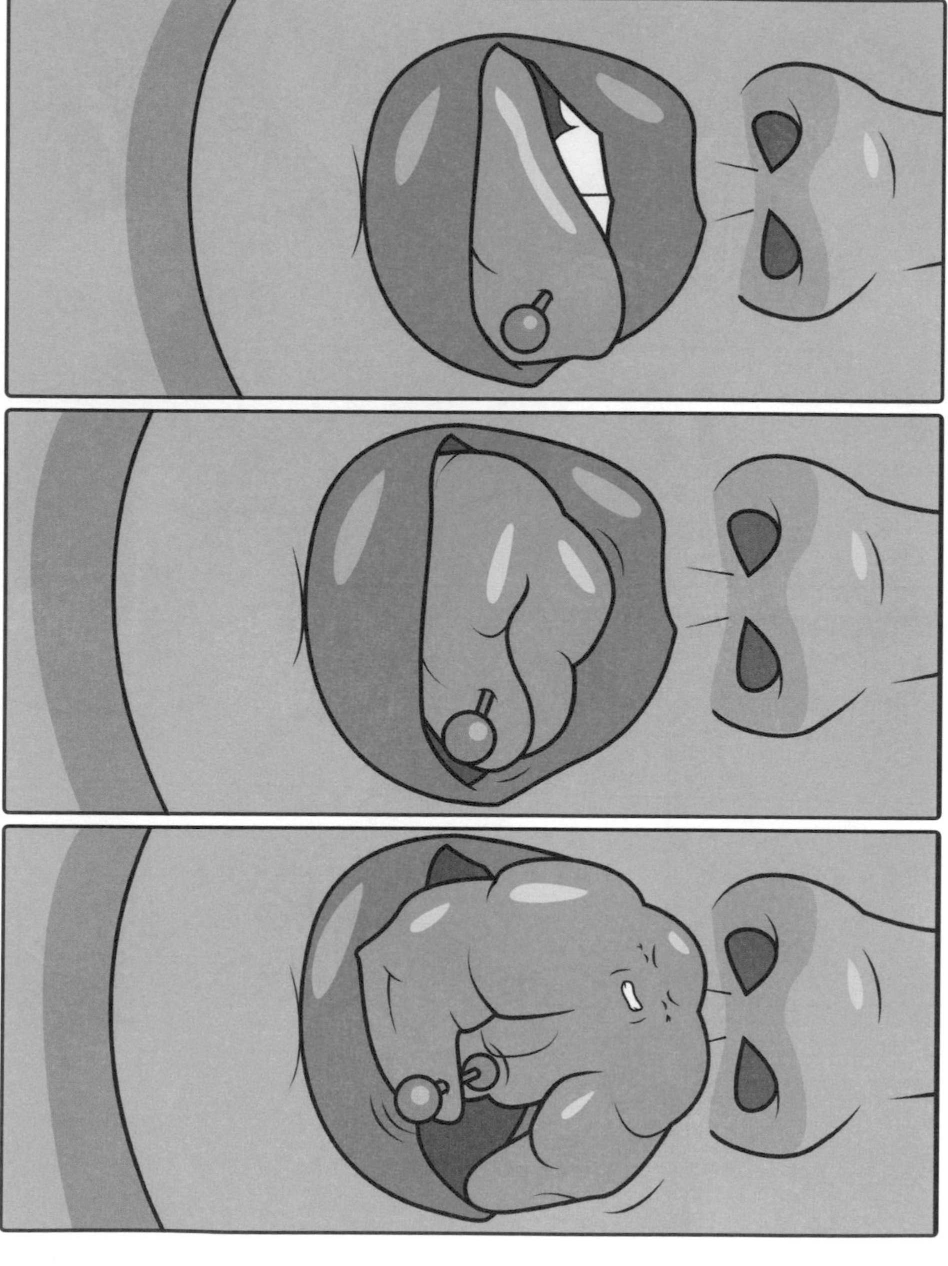

美好的一天

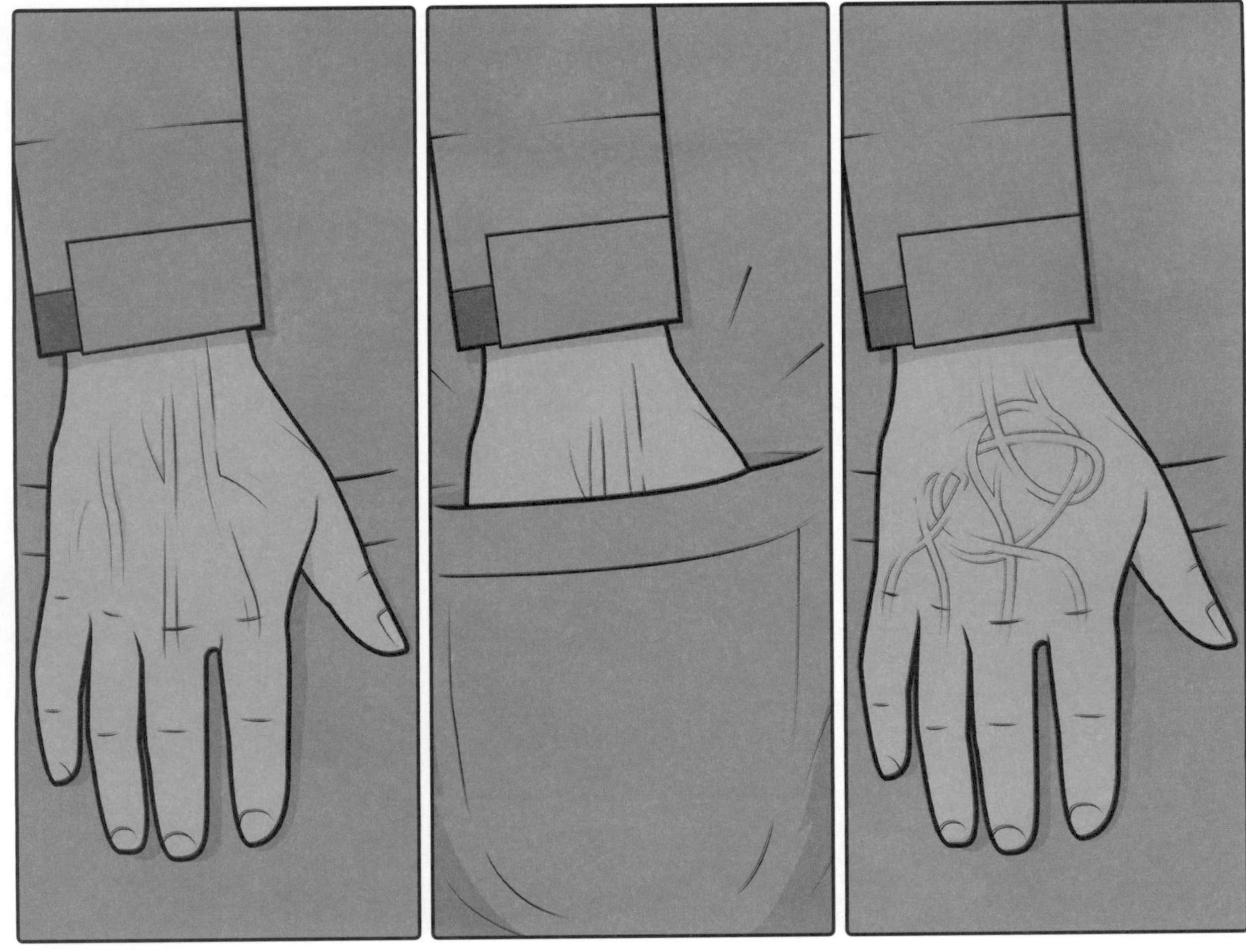

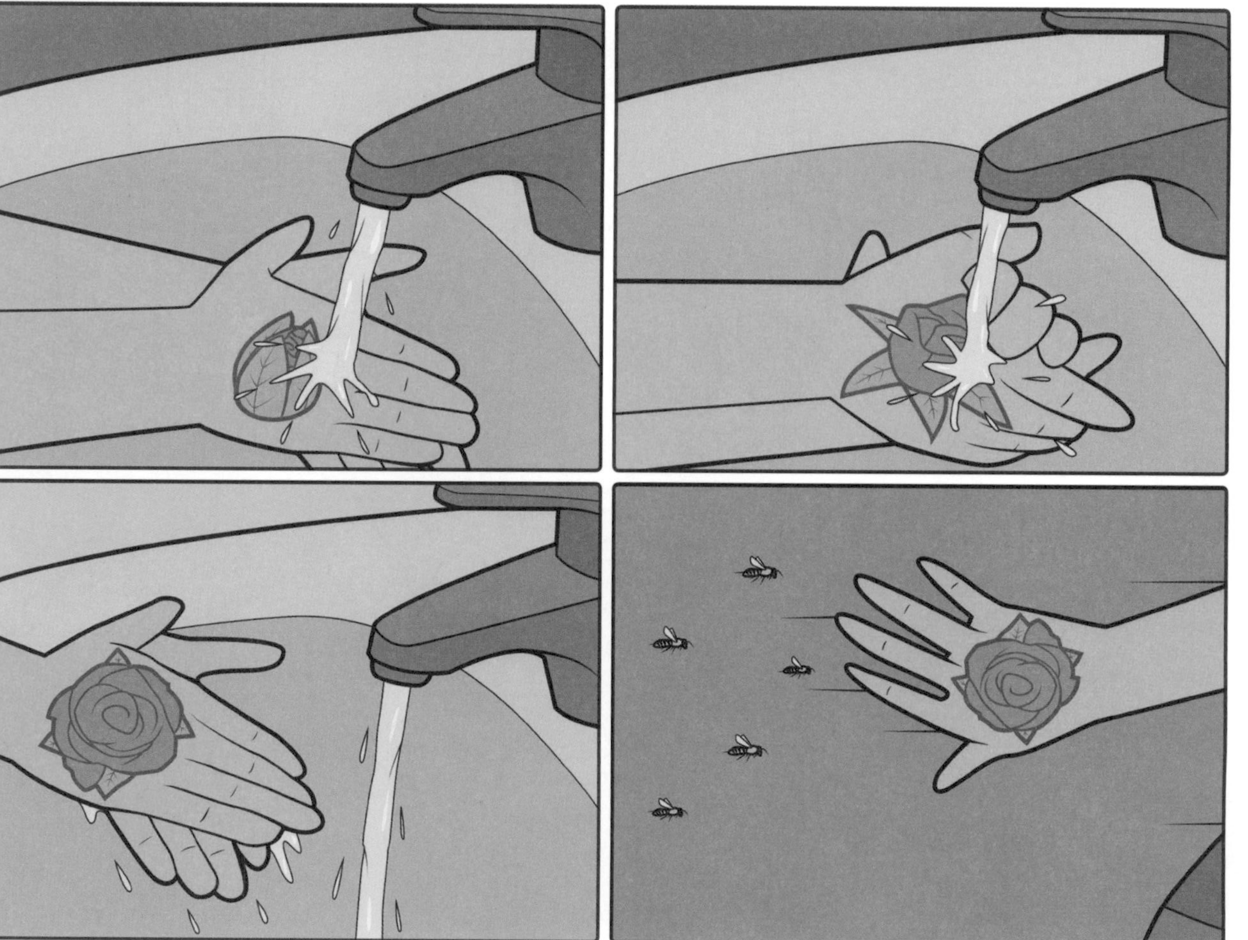

1000

我愛夏天！
我愛夏天！
我愛夏天！
……

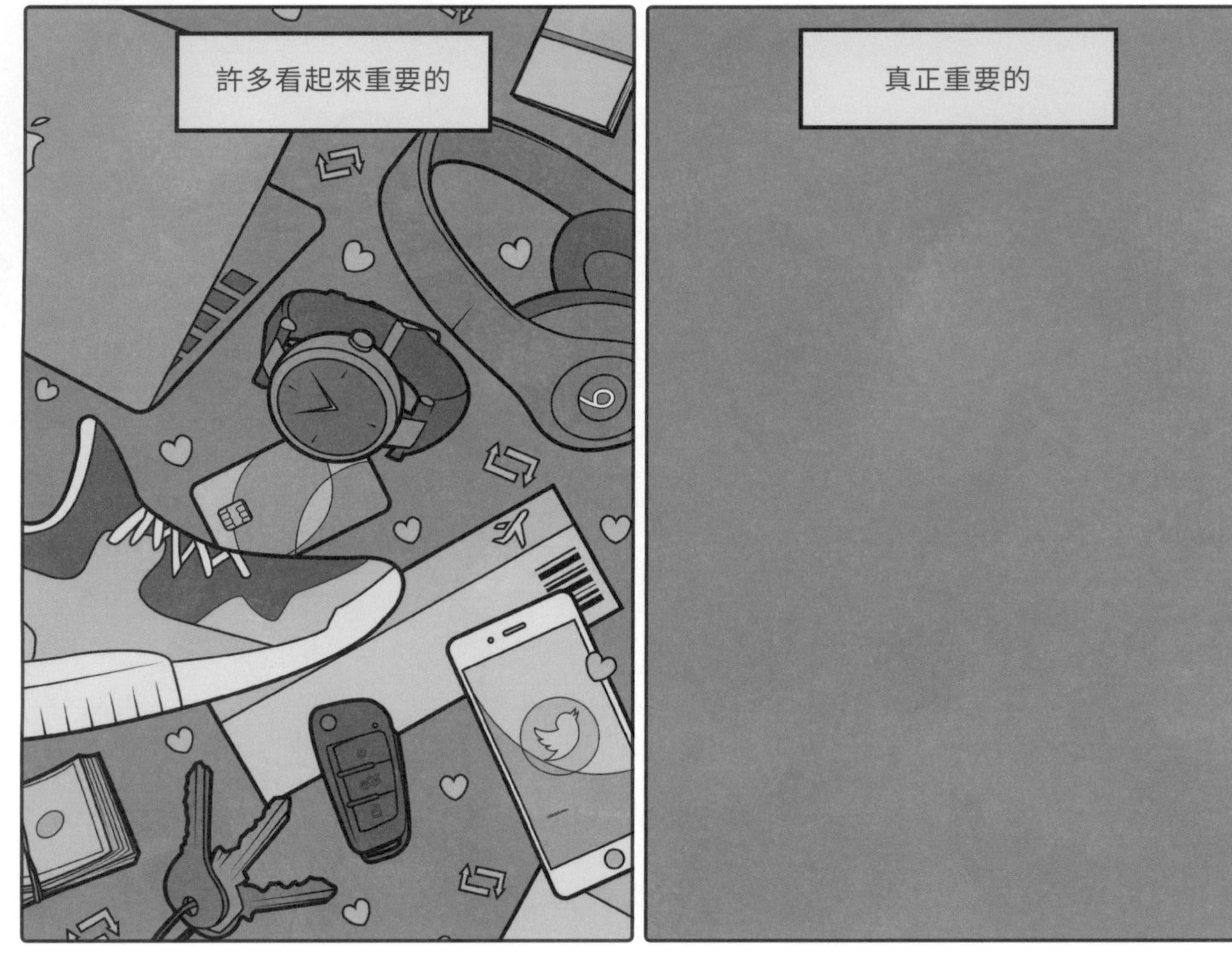
許多看起來重要的
真正重要的

真實生活

Instagram
（社群媒體）

希望我今晚能夢見你

-50%

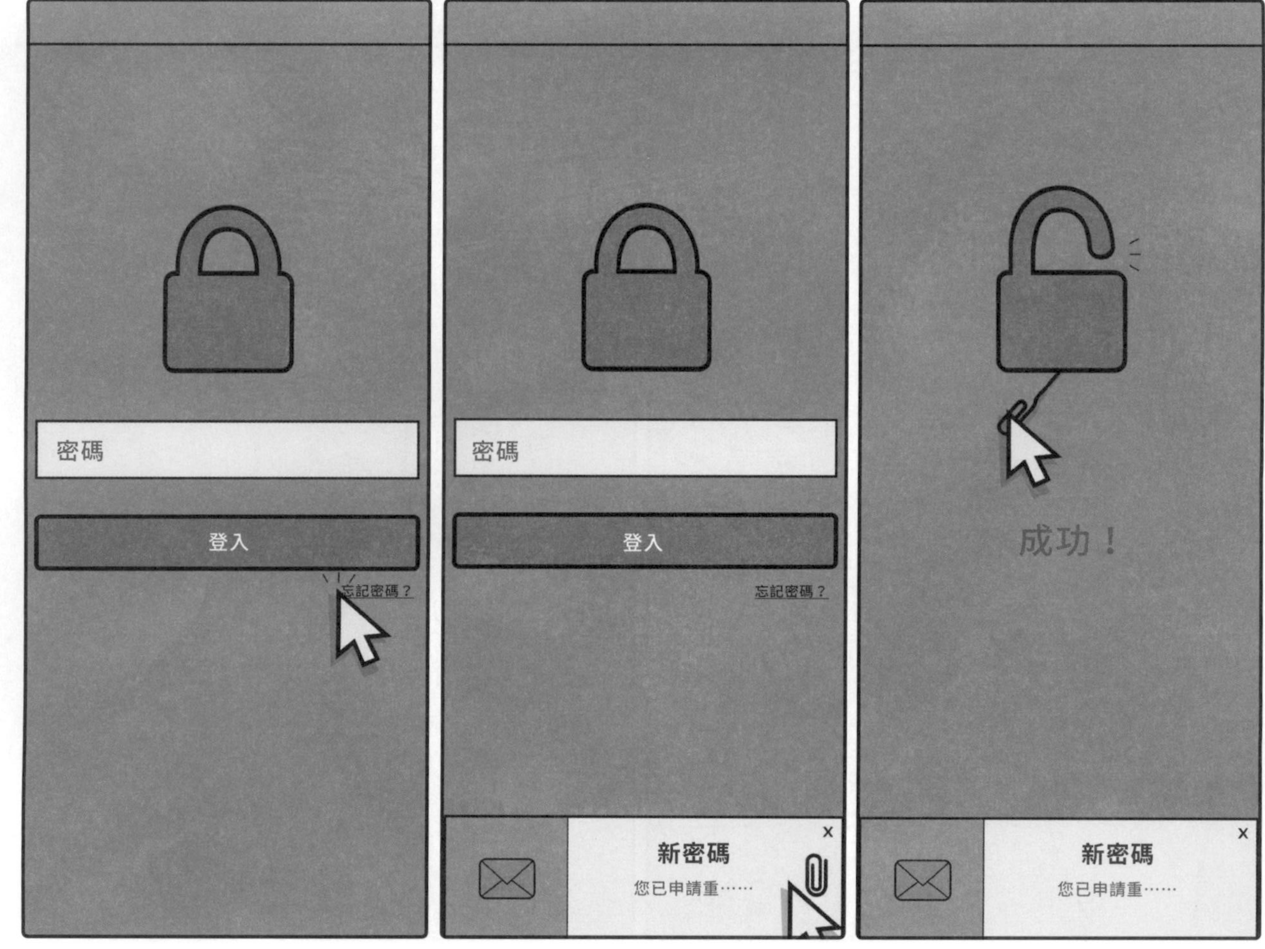
密碼
登入
忘記密碼？
密碼
登入
忘記密碼？
新密碼
您已申請重……
成功！
新密碼
您已申請重……

挫折
不斷重複的
小事
可怕
失望
生活

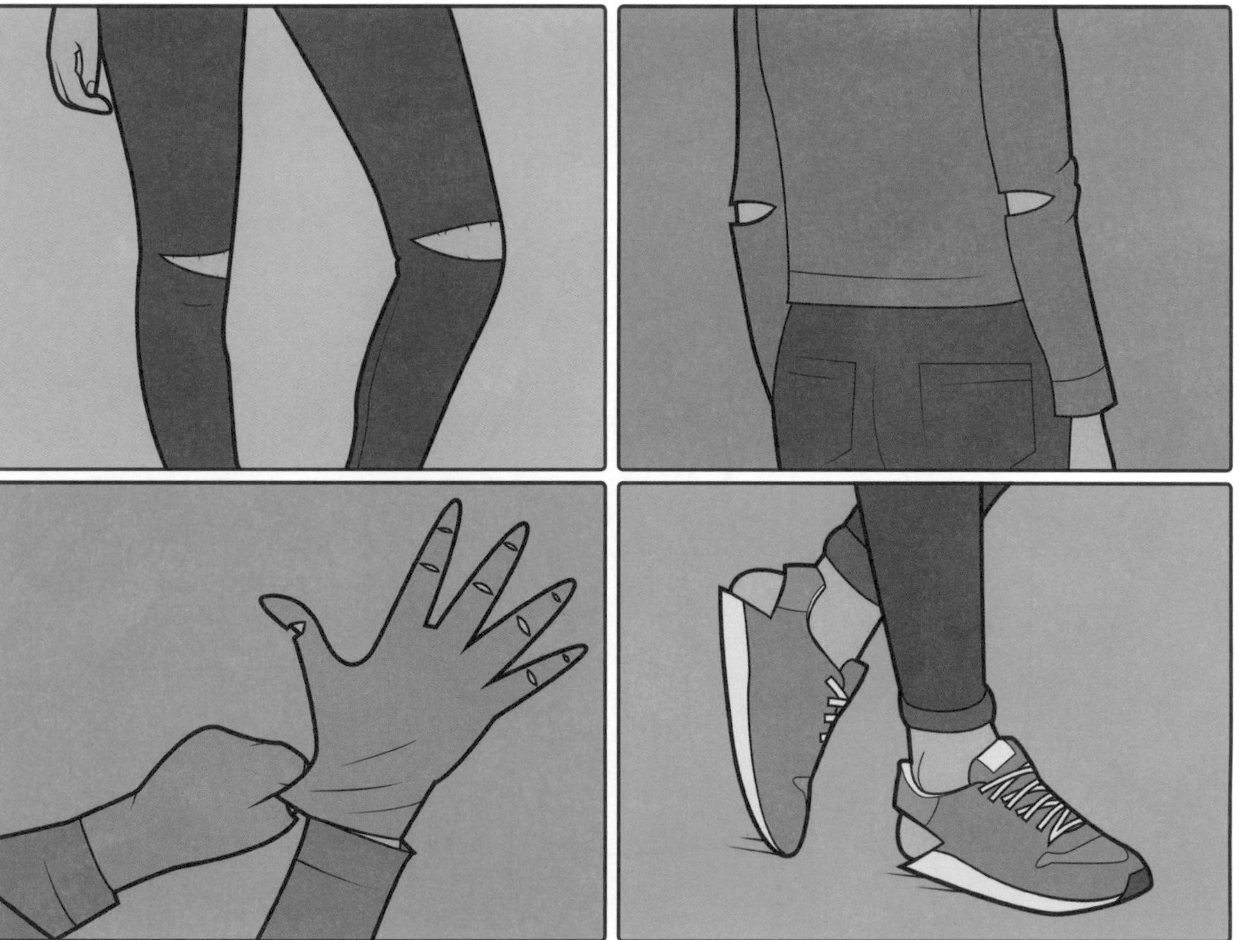

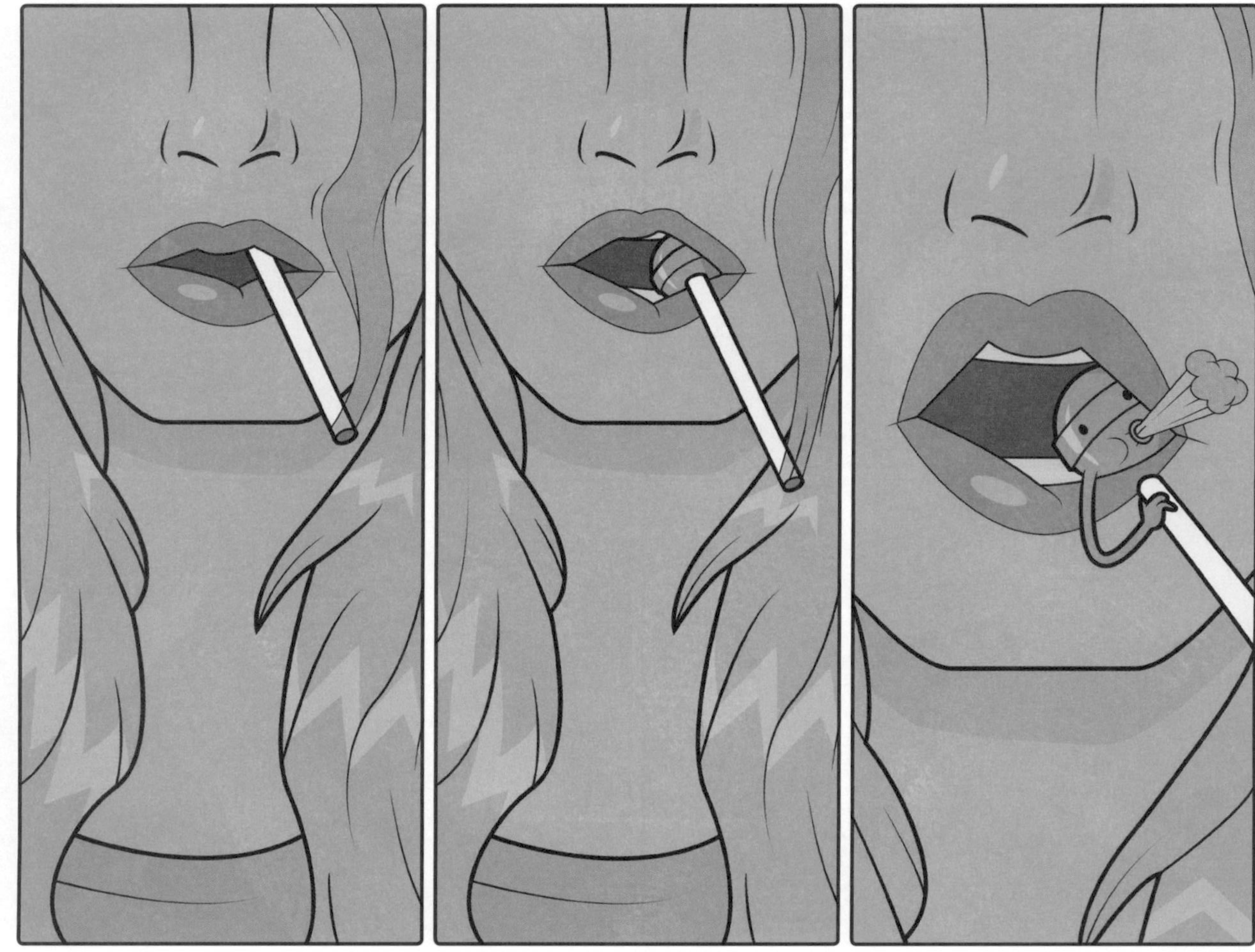

相簿

回憶
相冊
2019
回憶
相冊

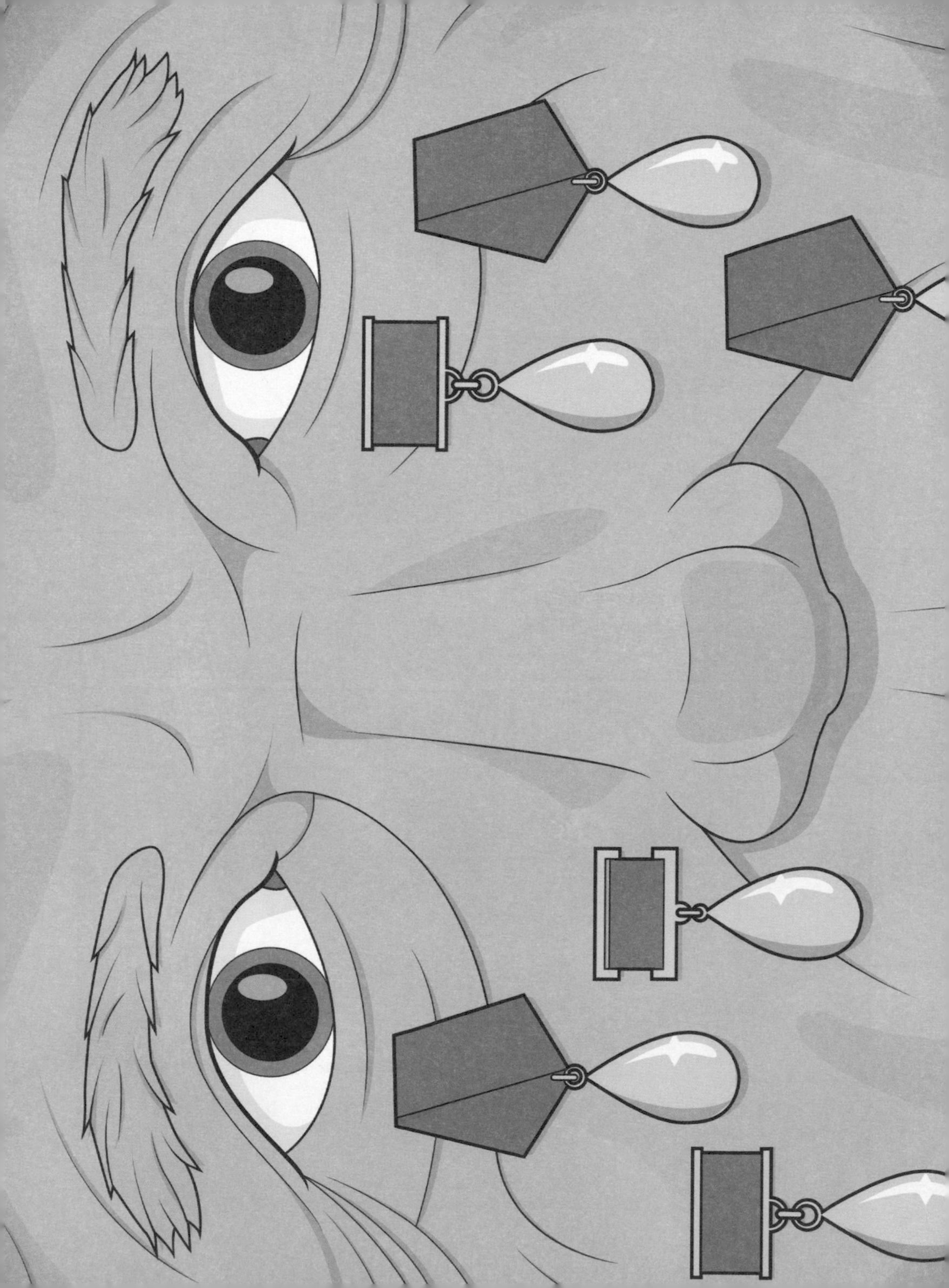

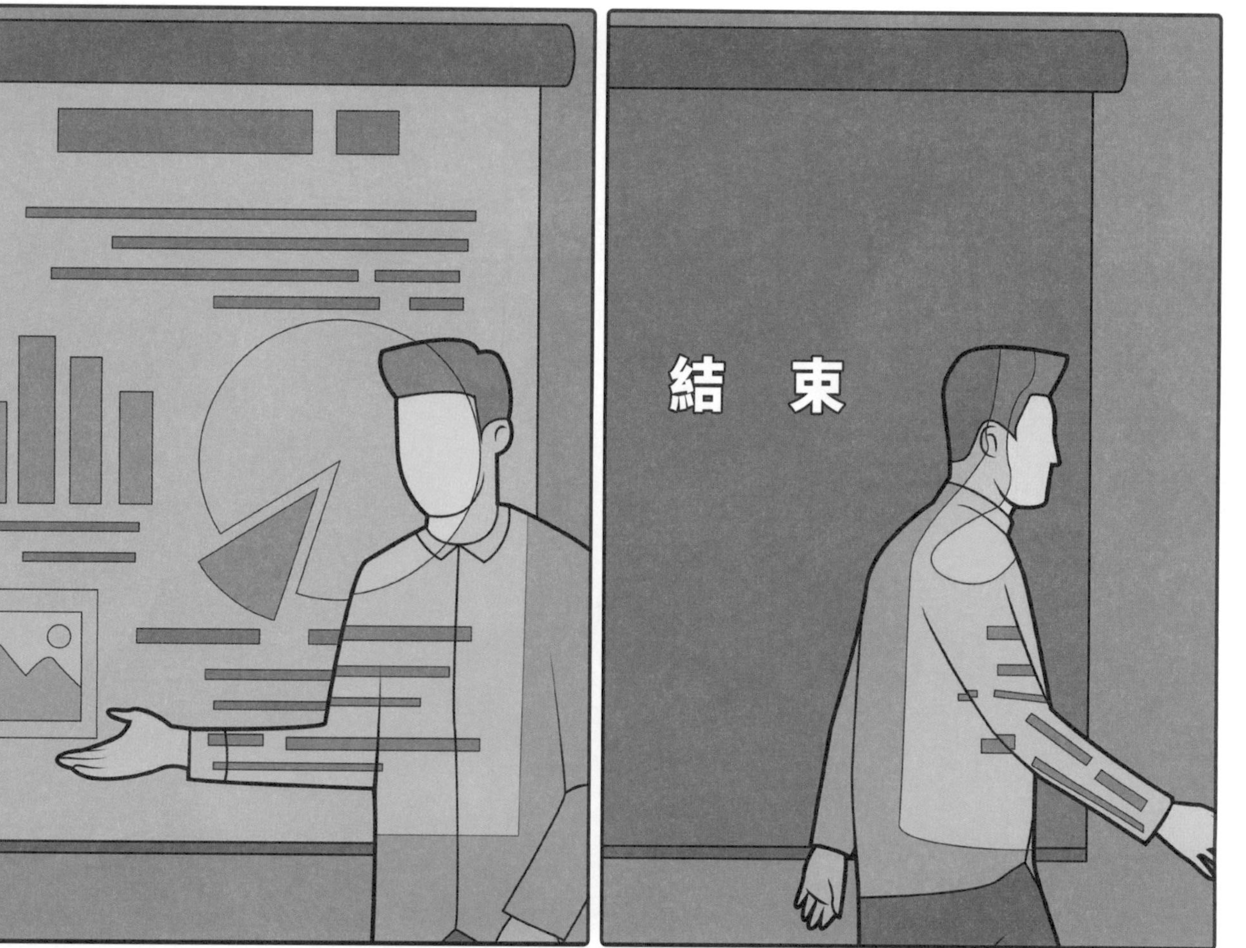
結　束

抑鬱二合一
高級
憂鬱
超級厭倦！
100%
沒用
免費冷漠！
我
生存危機的滋味

舒適區
活力
自欺欺人
雄心抱負

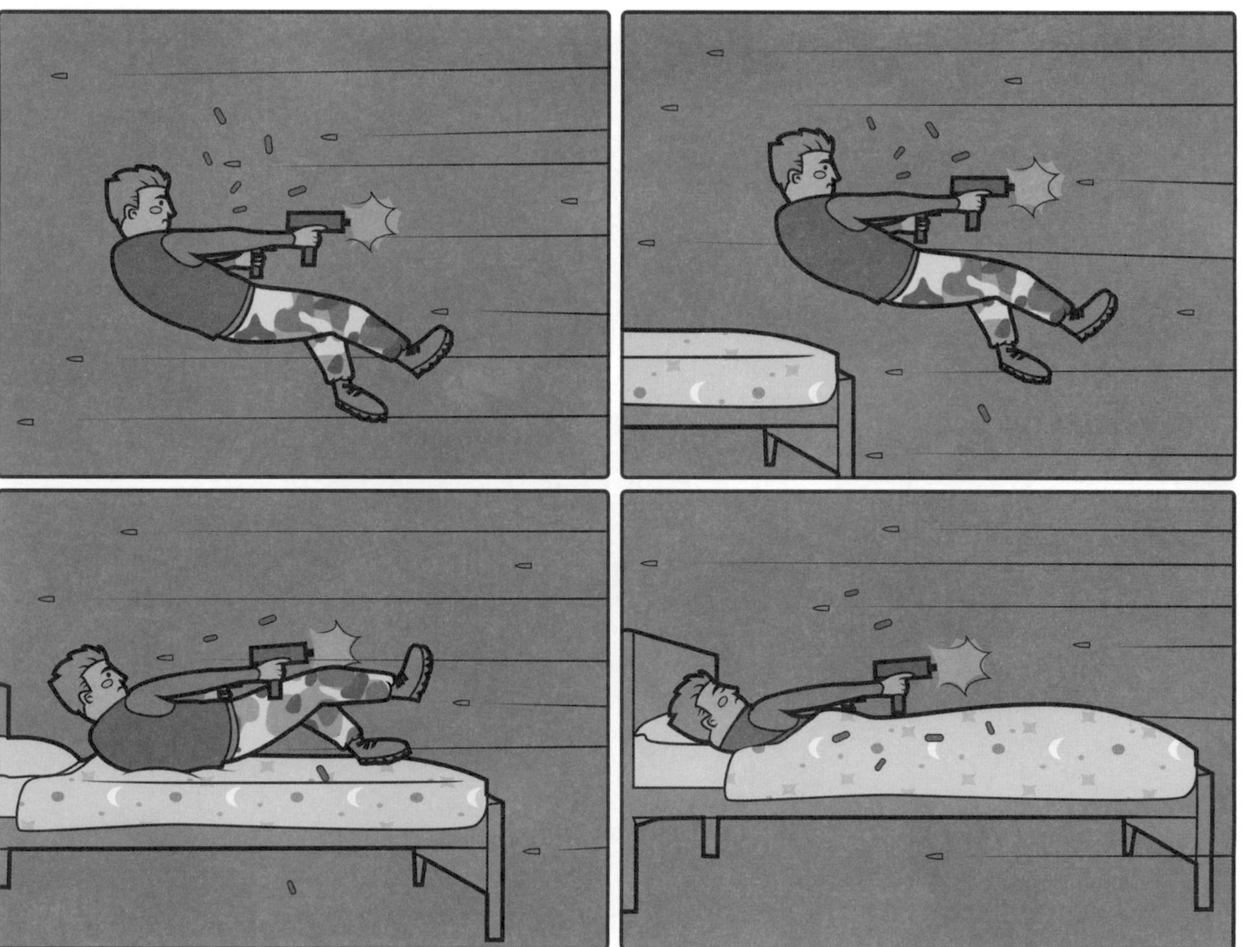

網路大獎
在展示某人整體外貌方面
取得傑出成就
為故事發展出自己
獨立的類型做出寶貴貢獻
在讓世人了解某人自己的成就
方面取得令人難忘的成就
積極參與和近代電影產業
輸出內容相關的討論
對某人當下娛樂消遣
最全面的報告
在評論與之無關的事件方面
擁有最出色的專業知識

冷
+
熱
按你的方式
混合

我想你
我想你
我也想你

3D
電影院
2D
電影院

生活
麻煩
欸，你！
你能不能不要在東西上
寫愚蠢的話？
DIGNI
戲劇性的
結局

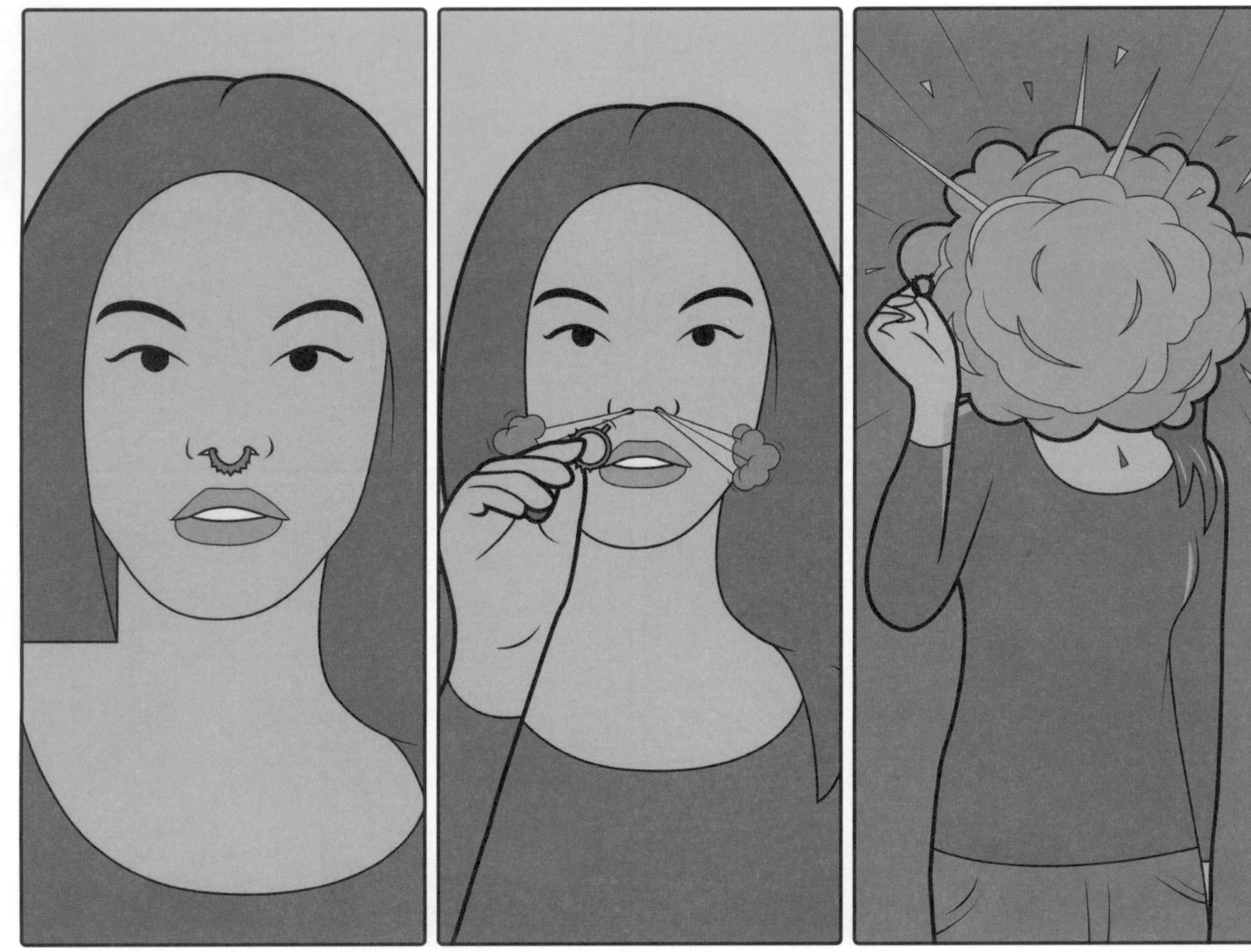

沒什麼可聽的

沒什麼可看的

沒什麼
可穿的

沒什麼可以說話的人

G52
77
G526DM
77

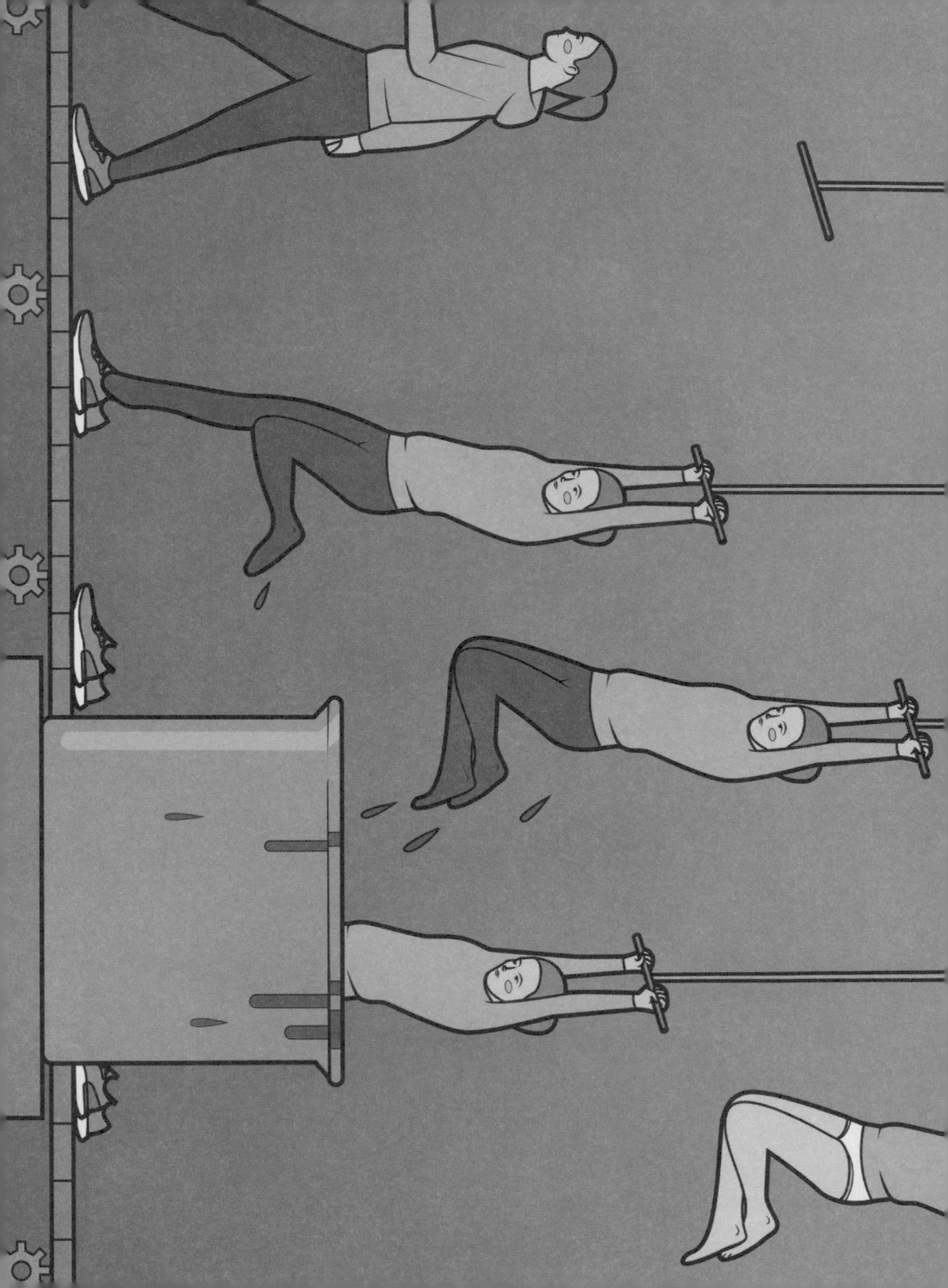

用眼
疲勞
滴眼液

公寓漫畫

!
您是否信任此印表機？

生命
正在流逝

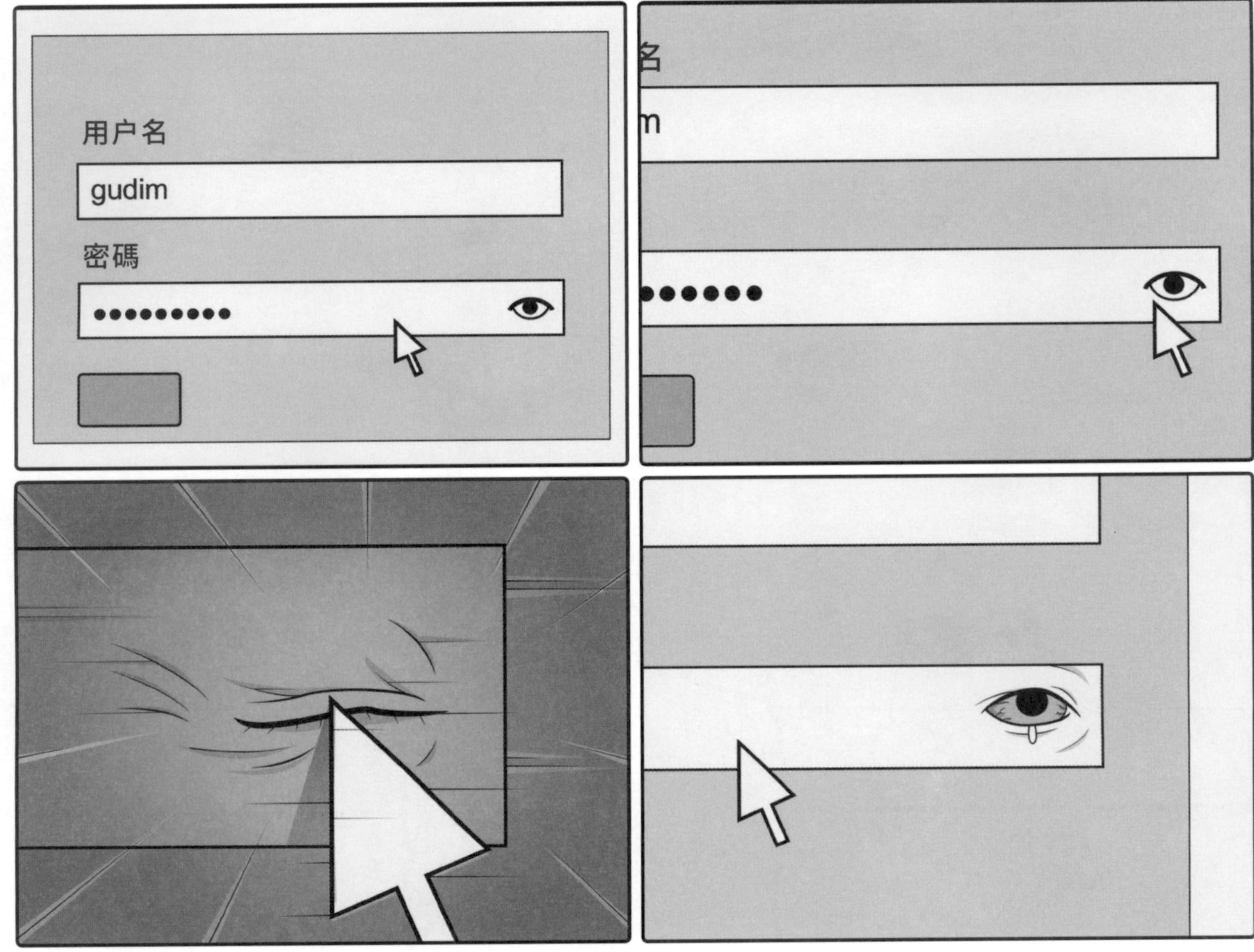
用户名
gudim
密碼
●●●●●●●●●●

199
199
249

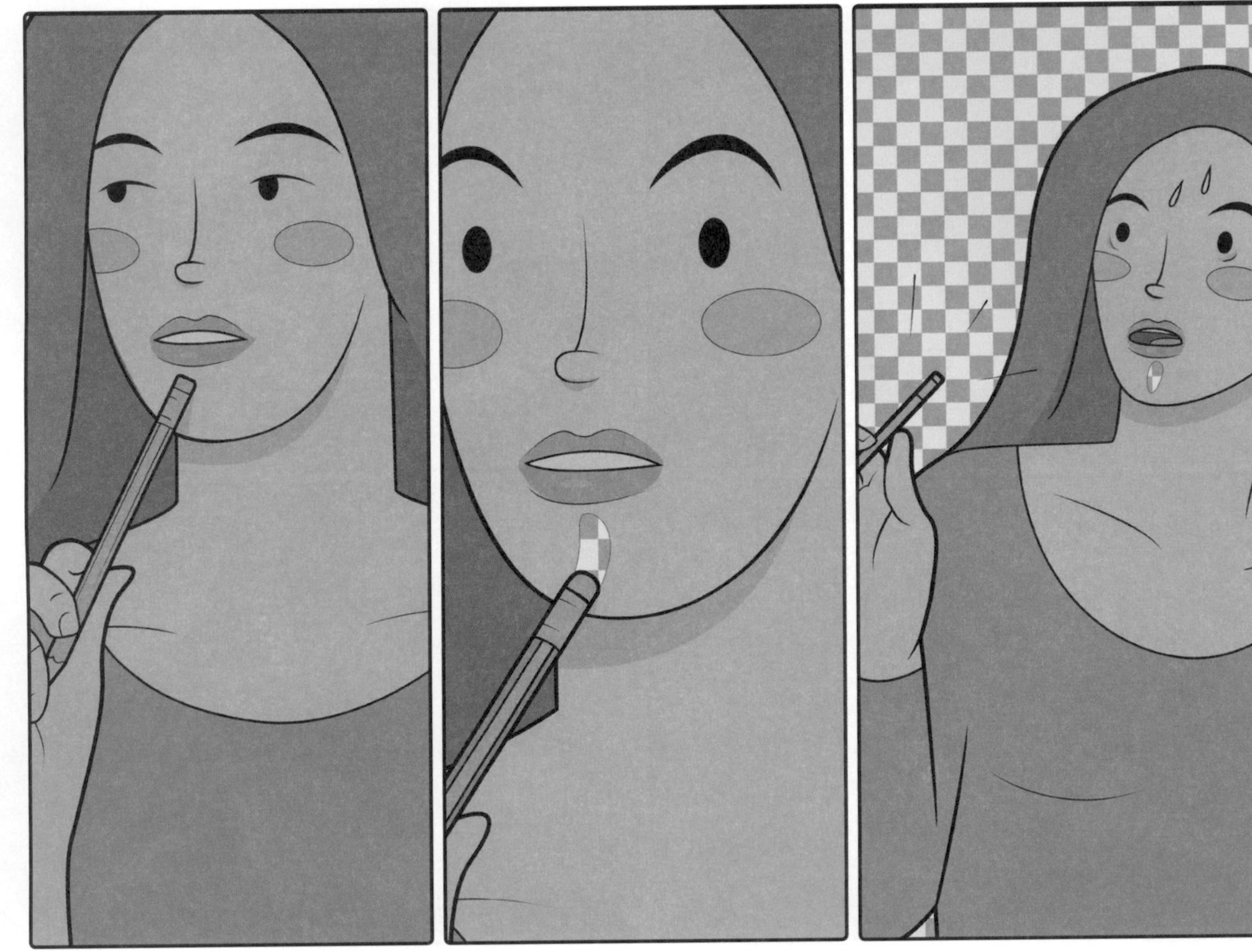

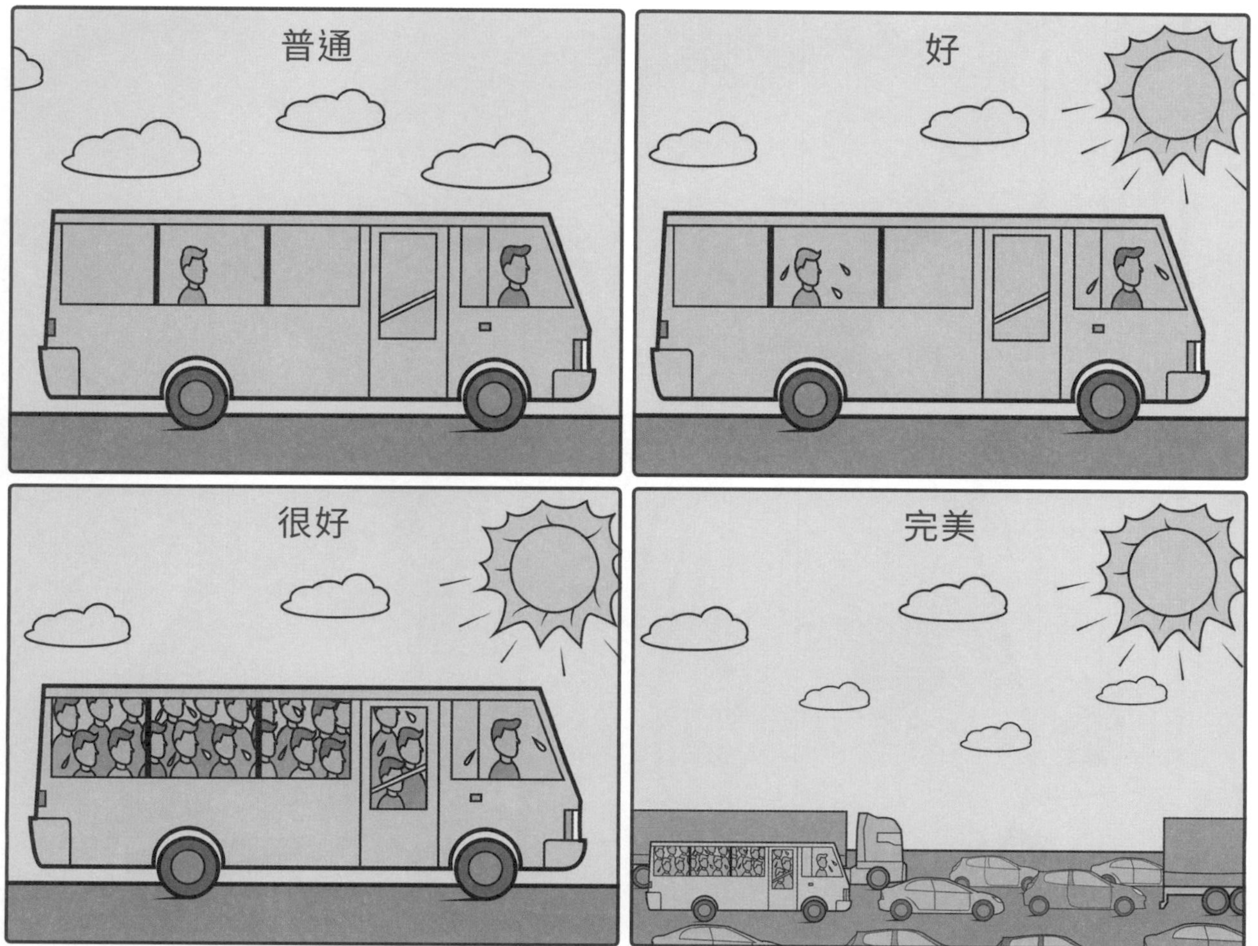
普通
好
很好
完美

如何堅持
如何堅持
如何堅持
如何堅持

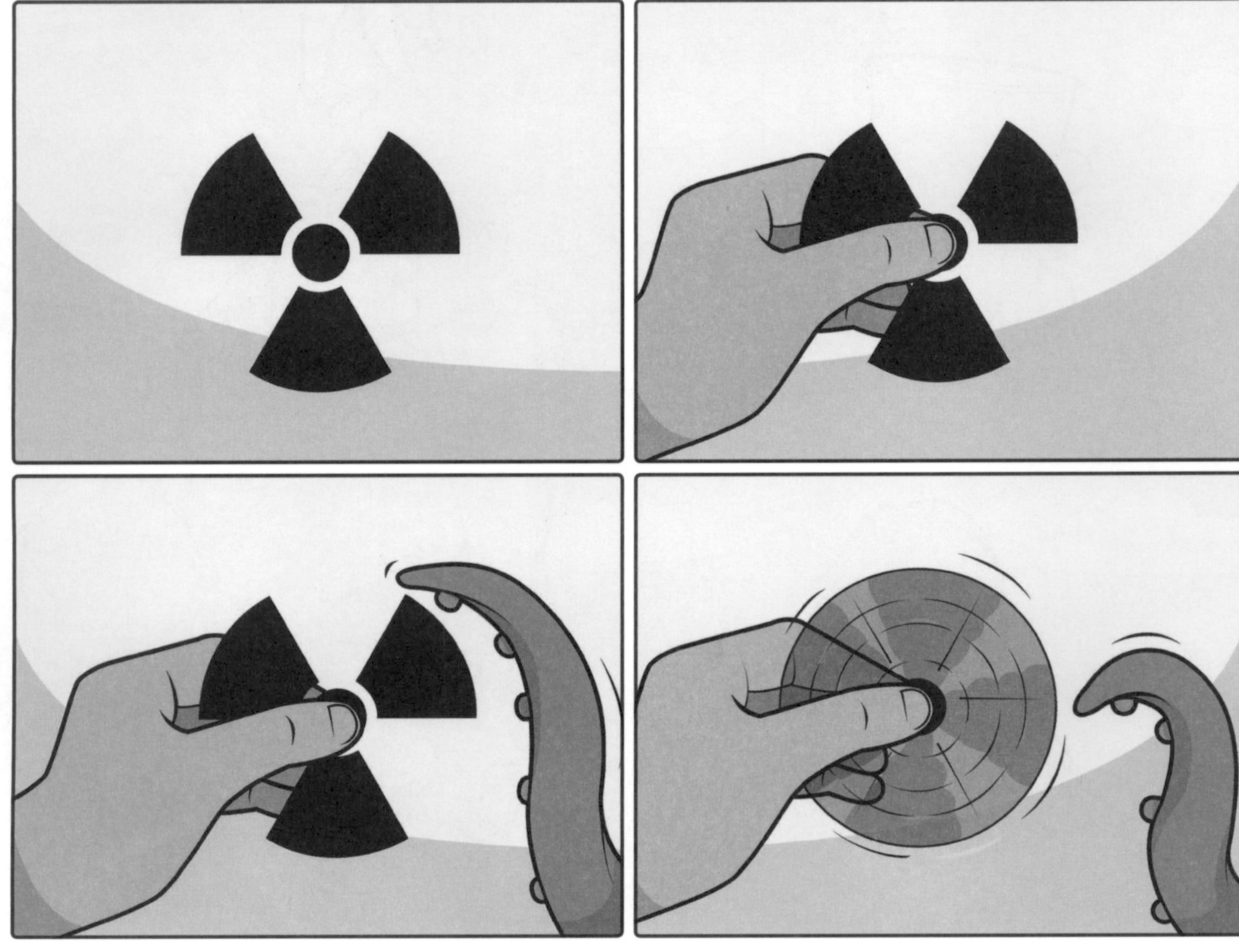

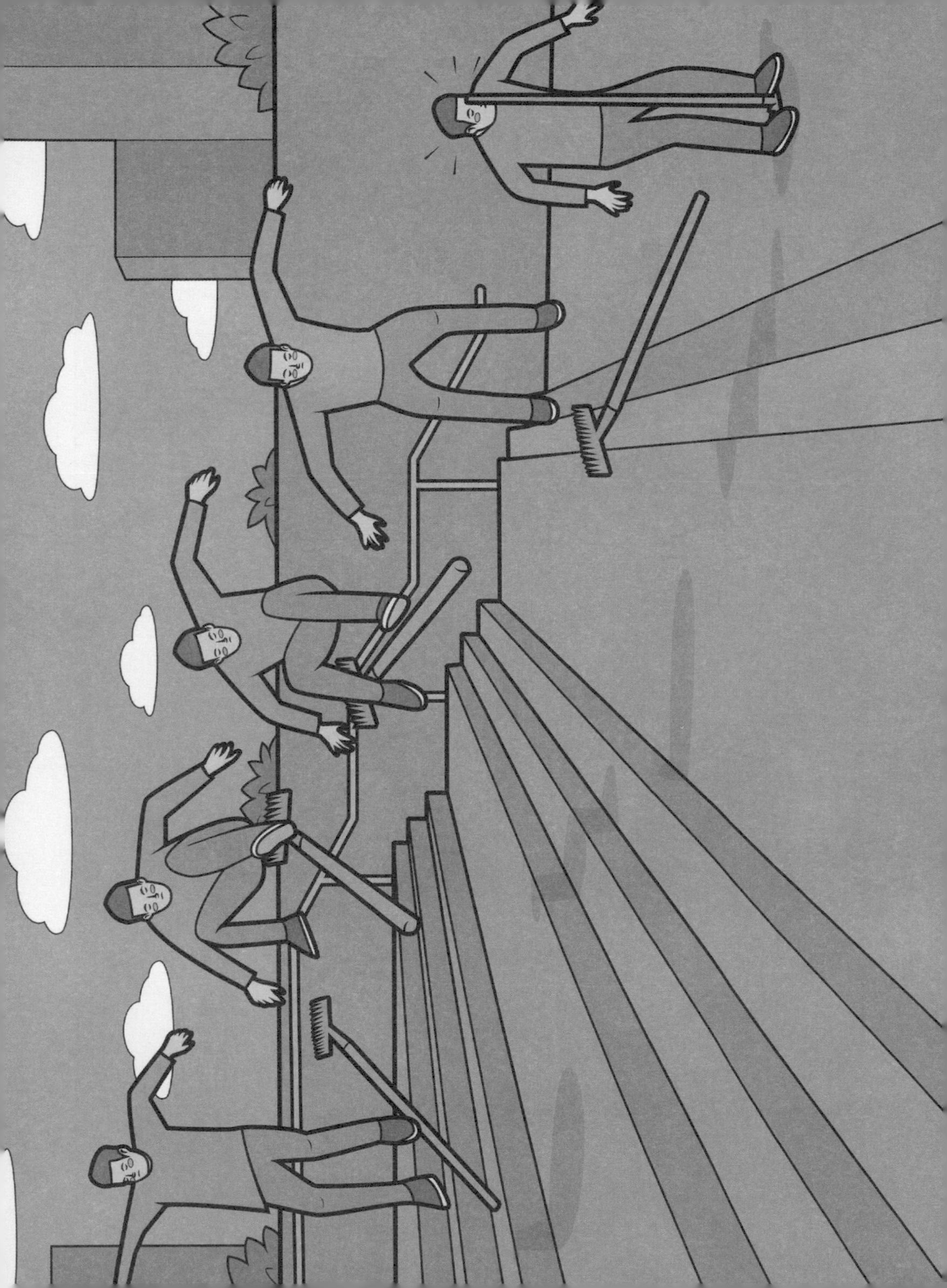

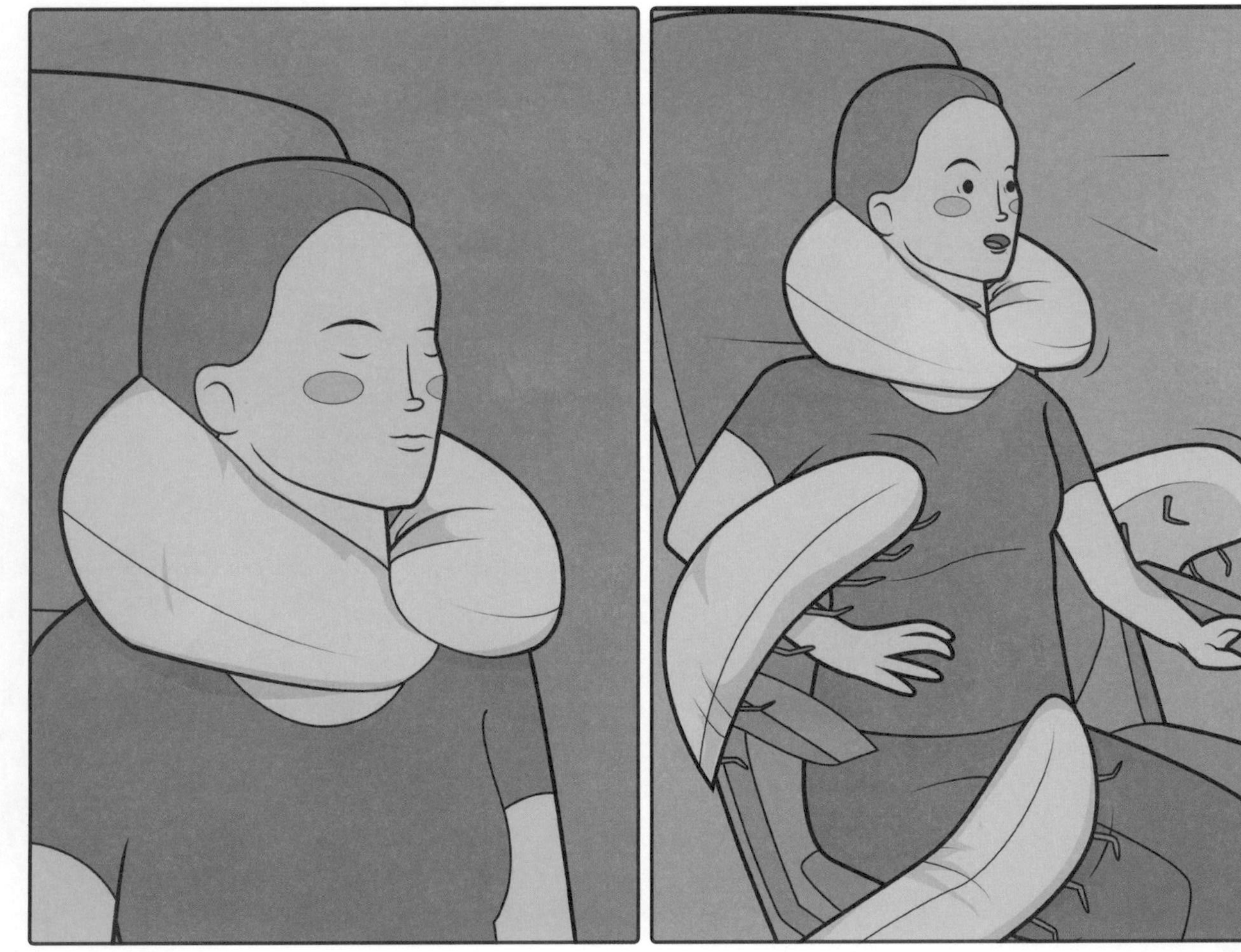

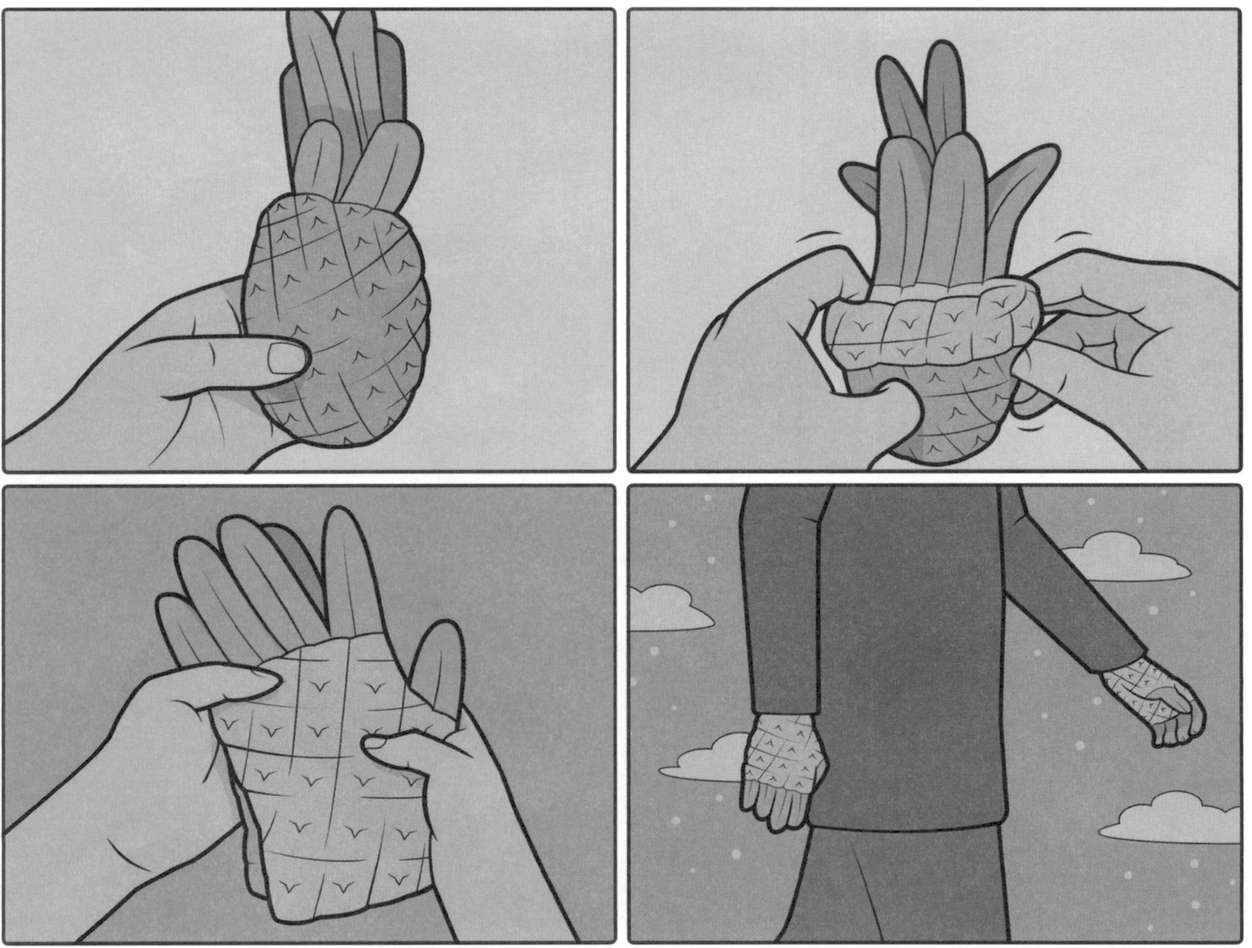

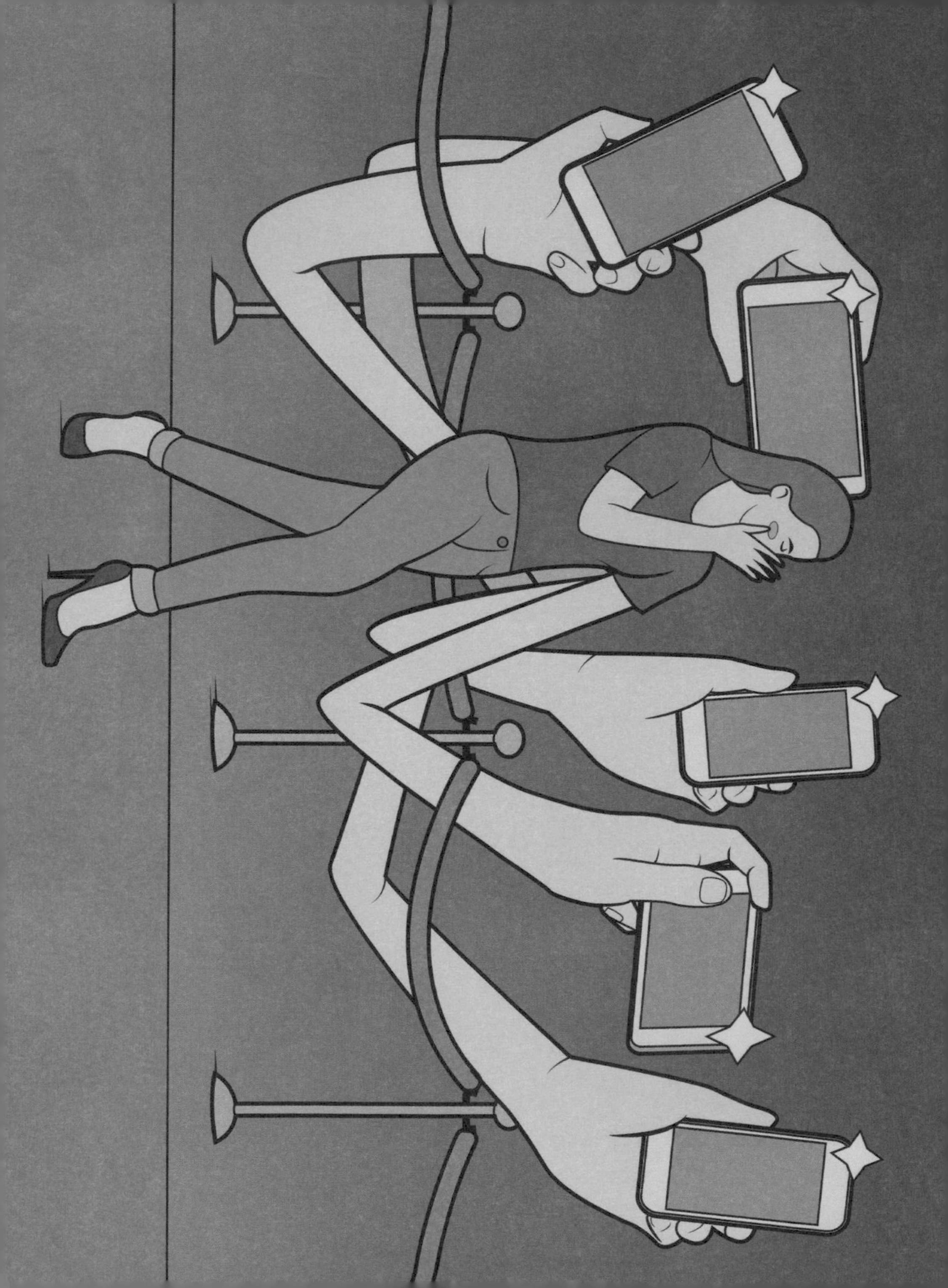

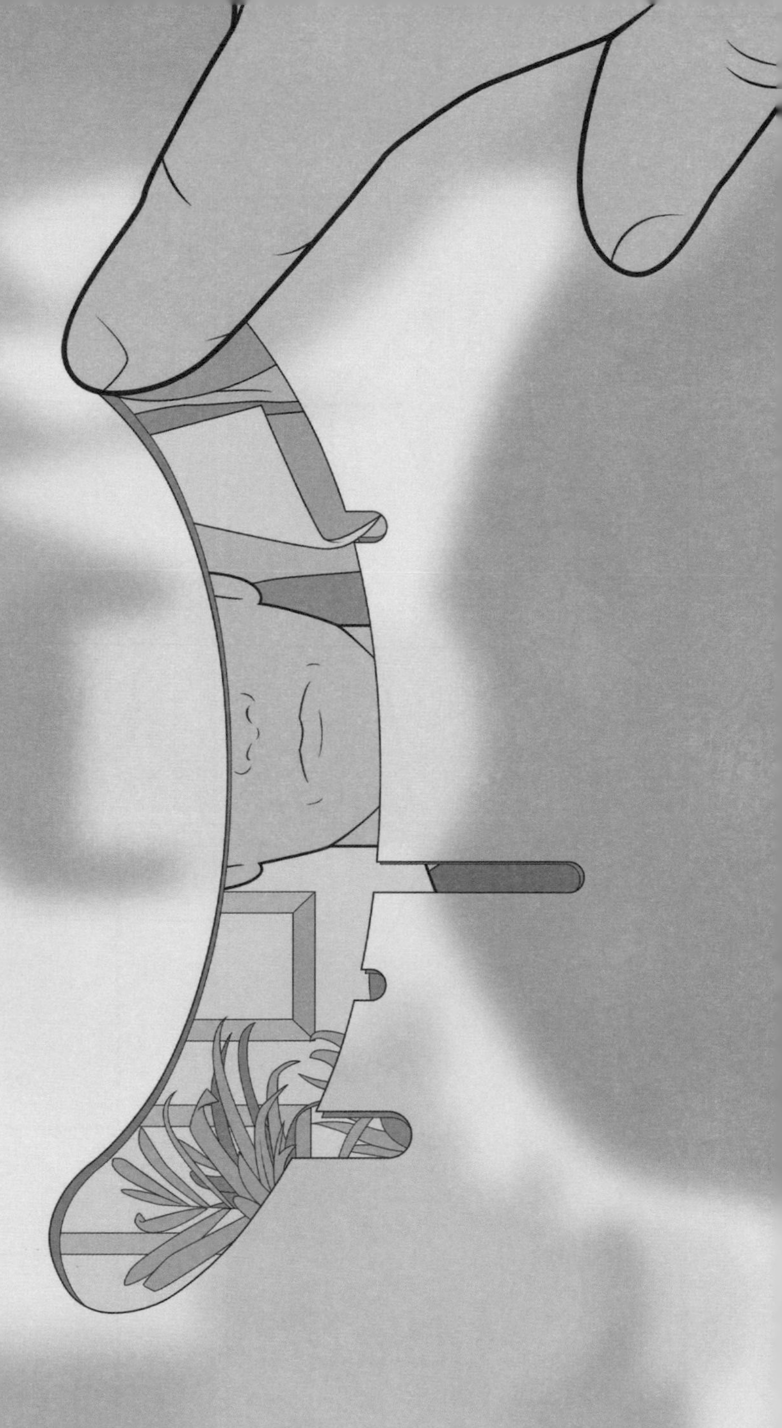

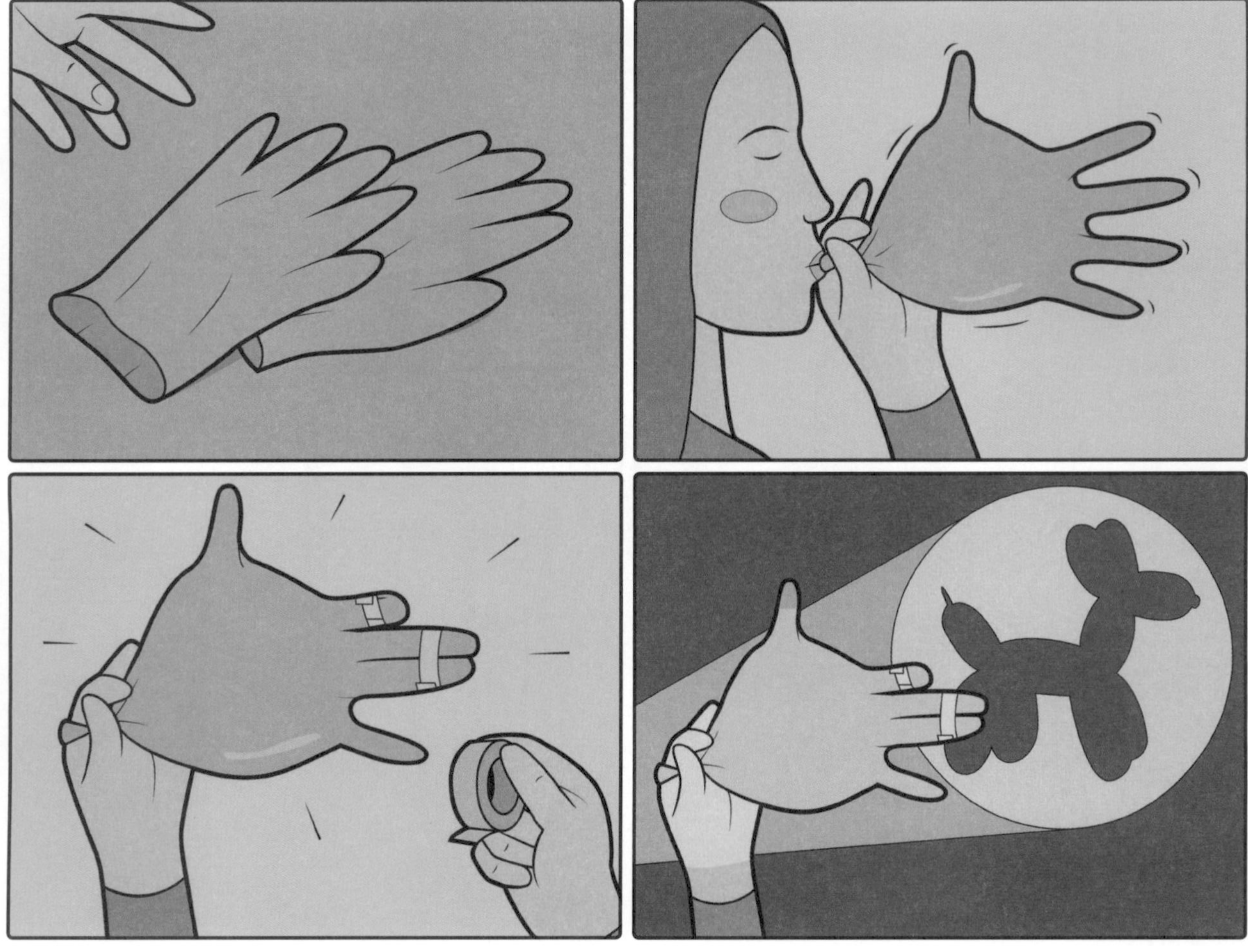

THE END
劇終

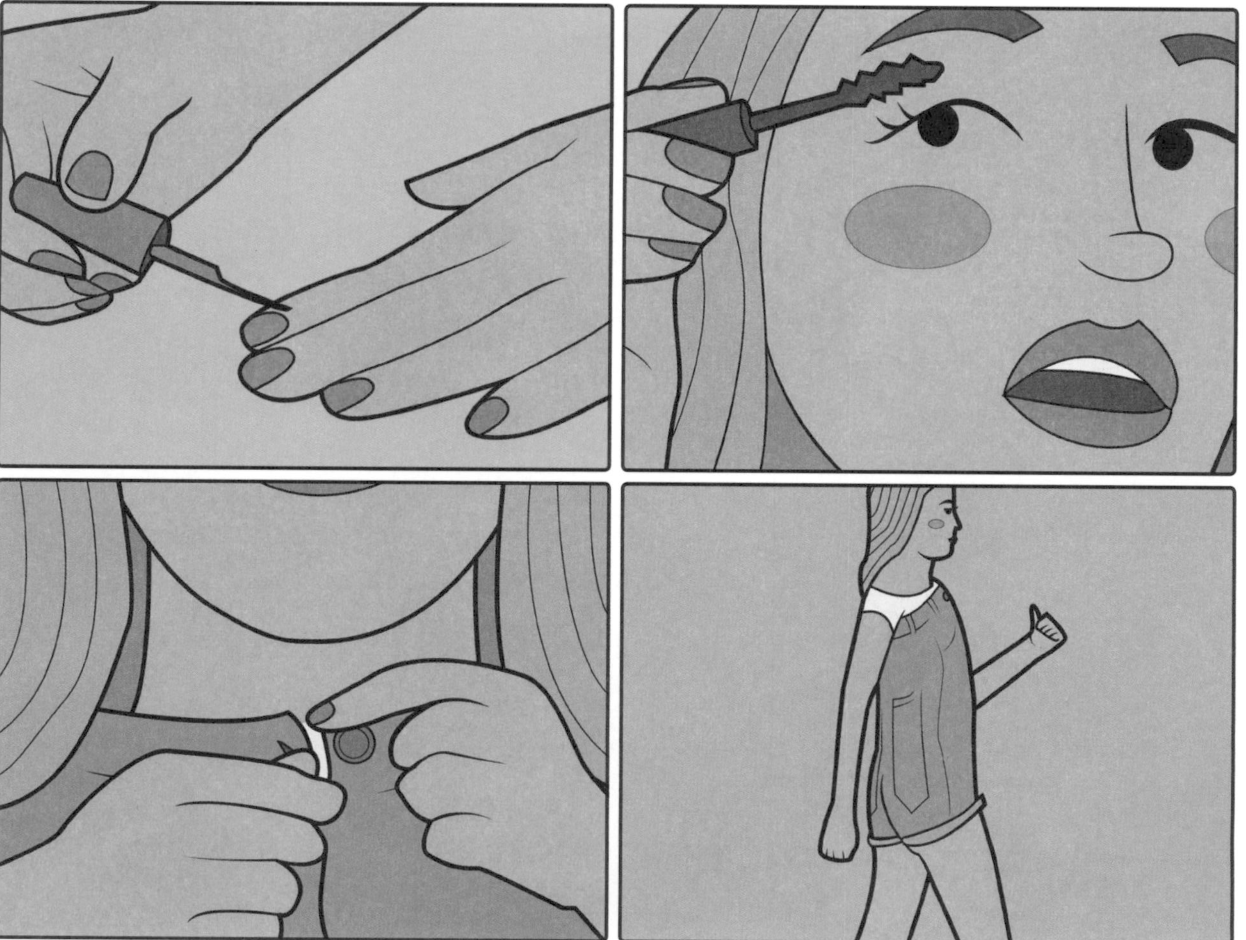

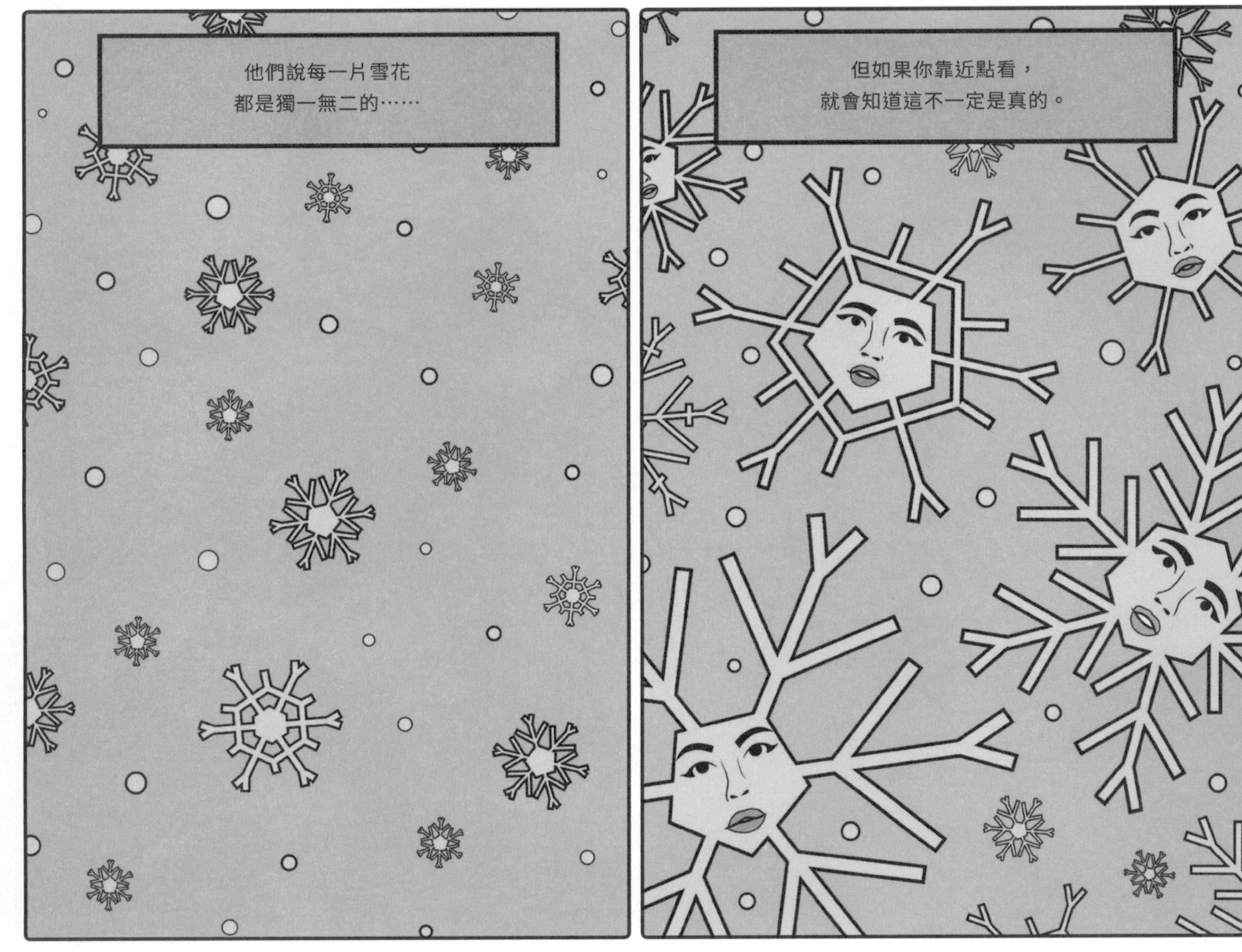
他們說每一片雪花
都是獨一無二的……
但如果你靠近點看，
就會知道這不一定是真的。

GUDI
13
BLIC
13

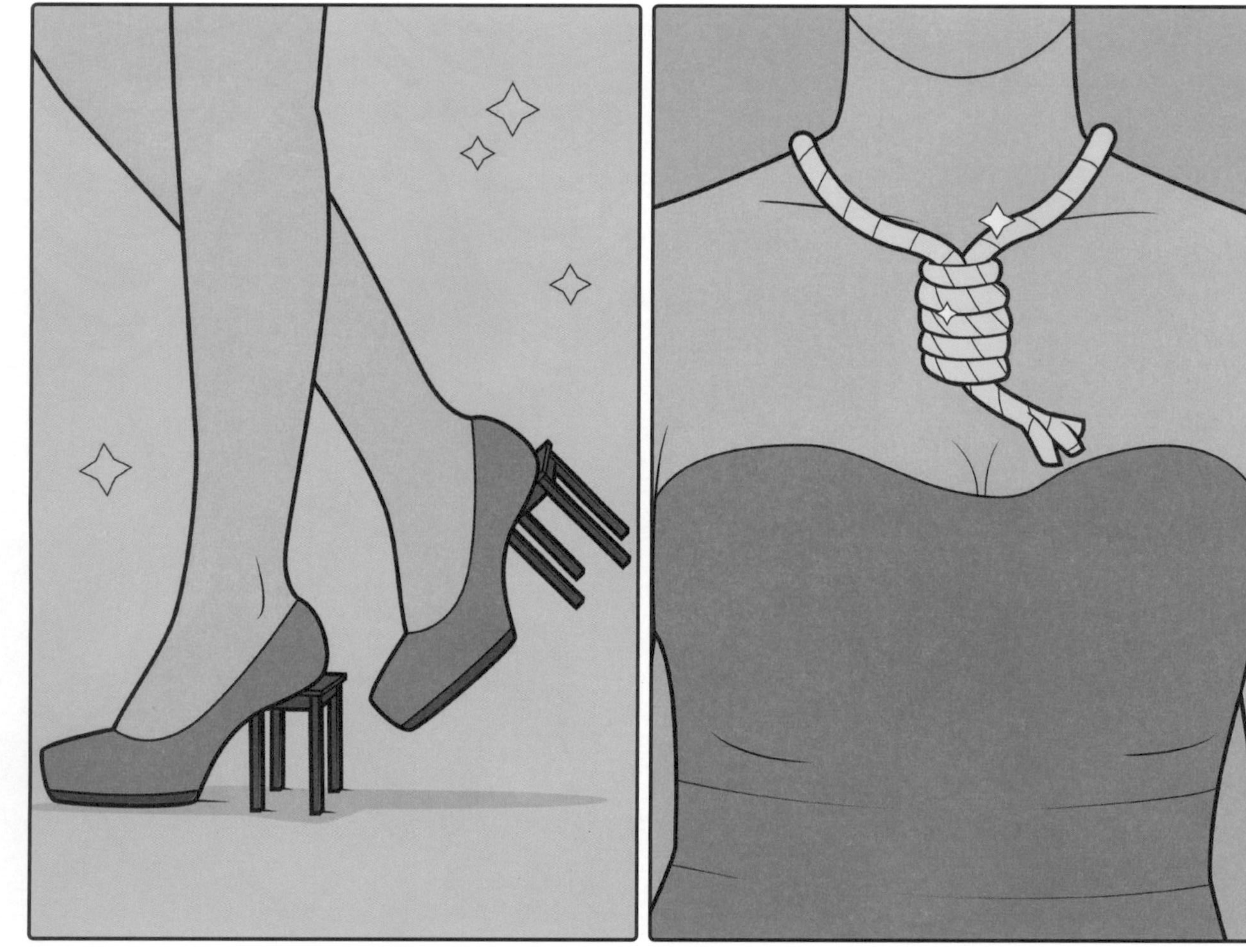

巨大的星雲花數十億年
成為了太陽。
第一片海洋花了五億多年
才出現在地球表面。
千百年來，
海浪打磨峭壁。
最後，我們都準備好了！
「嗨，你能幫我照張相嗎？」

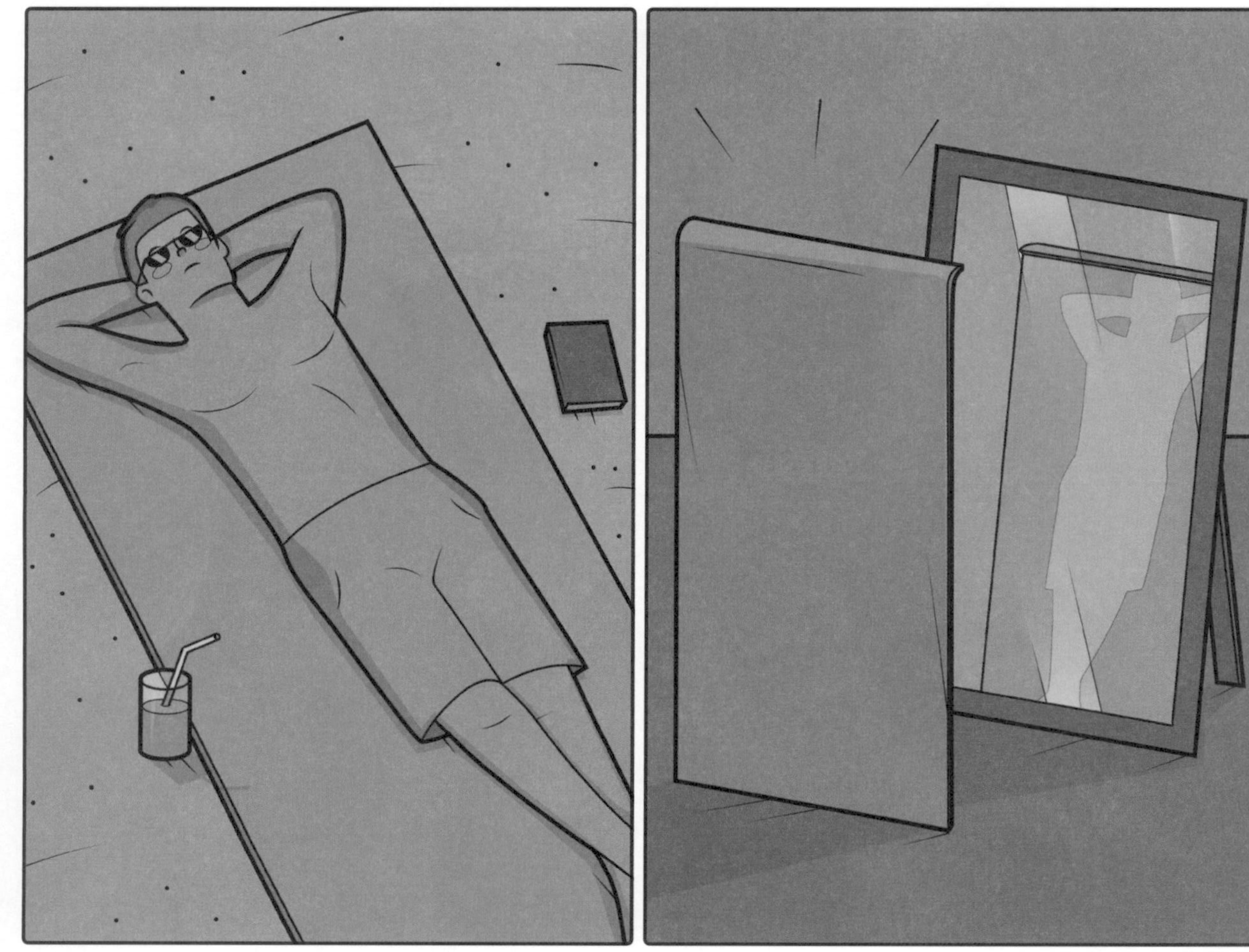

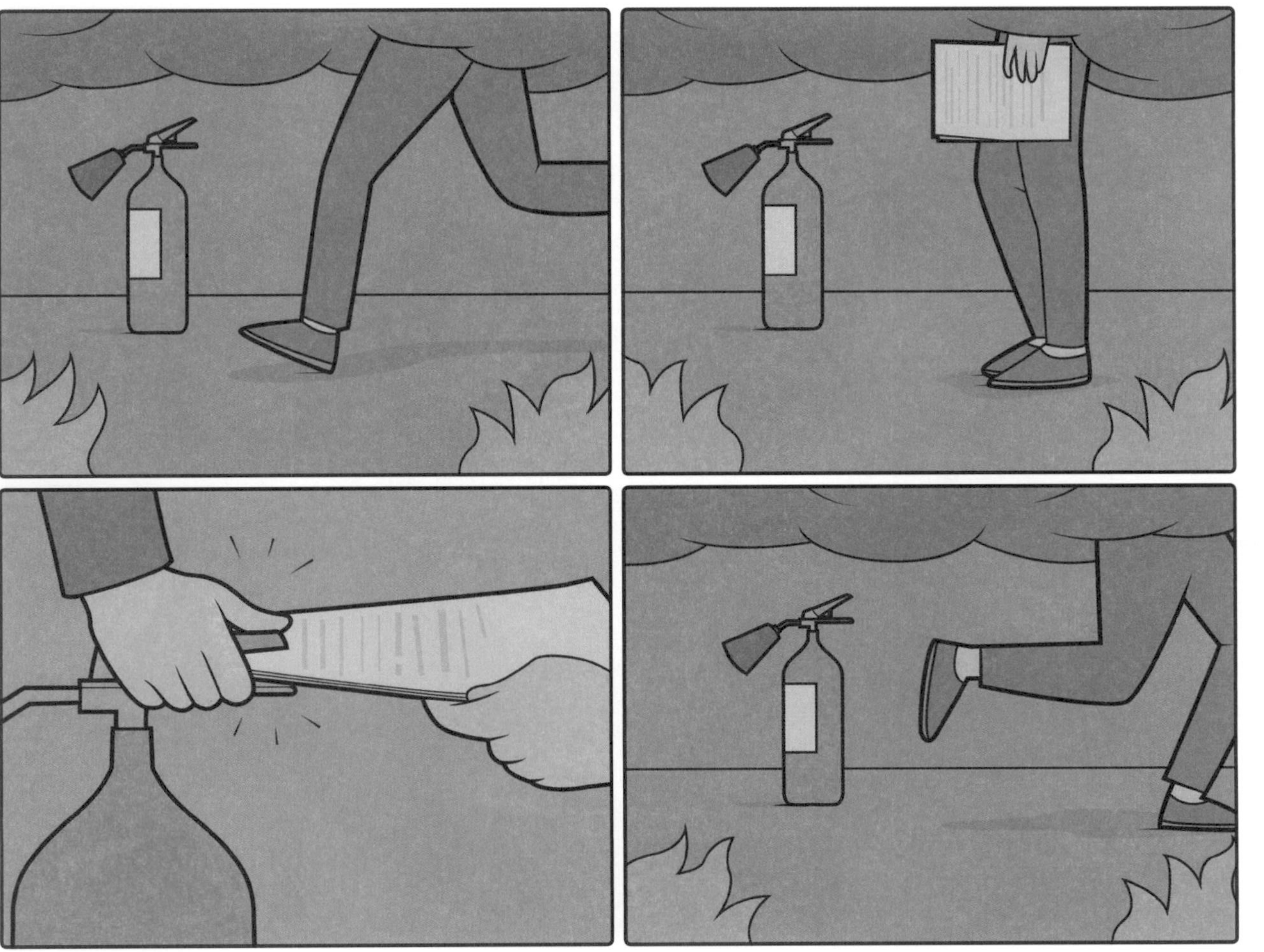

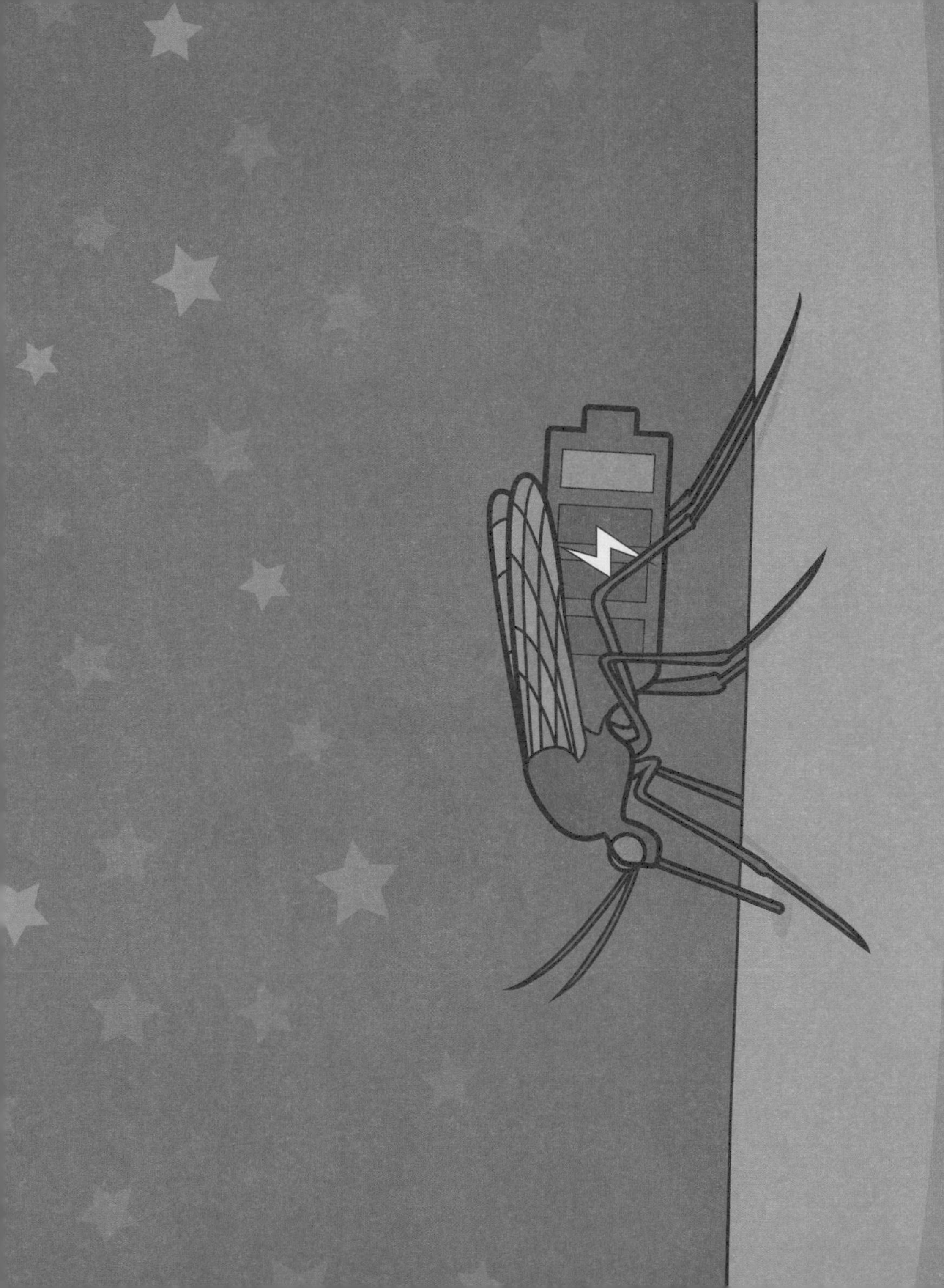

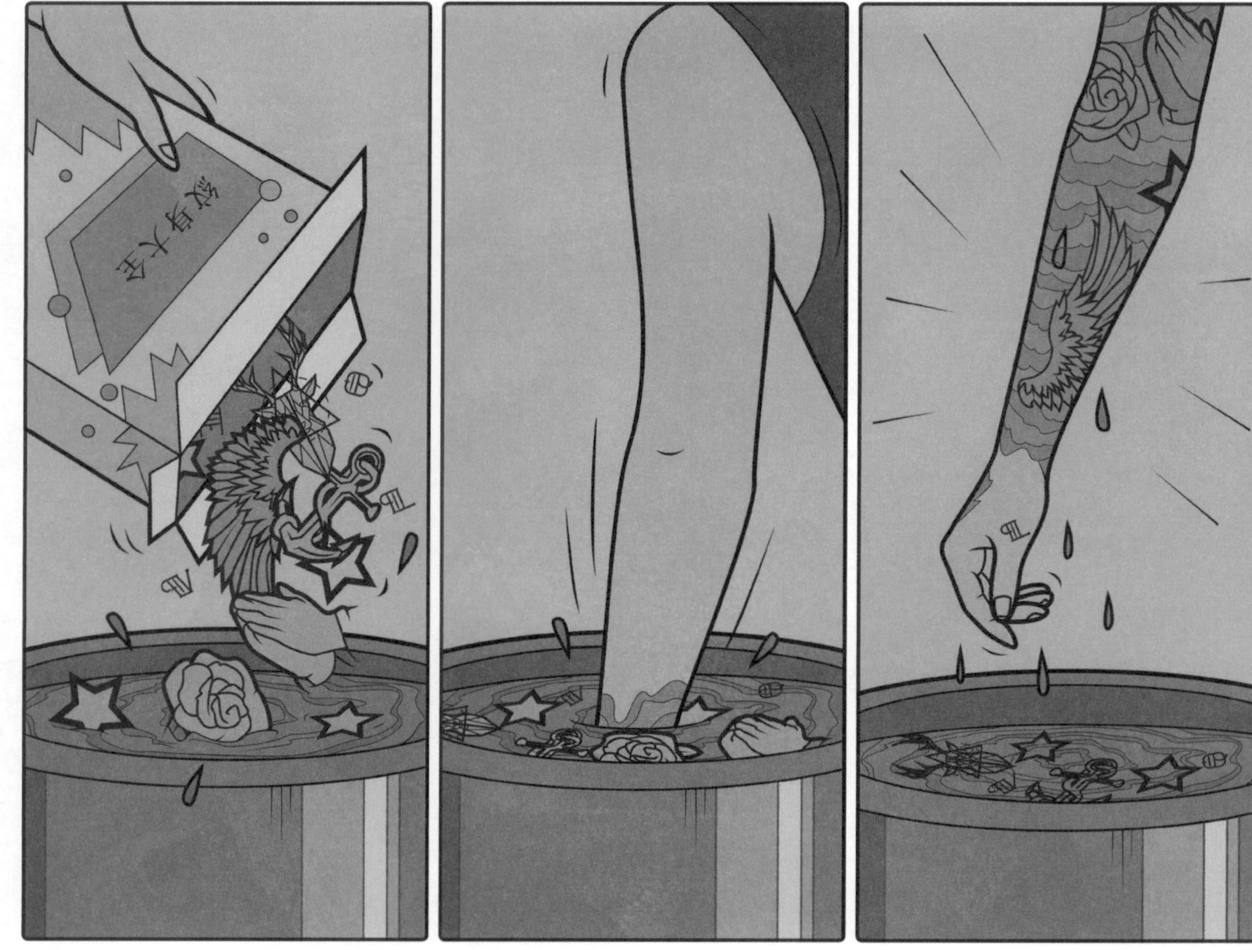

紋身大全

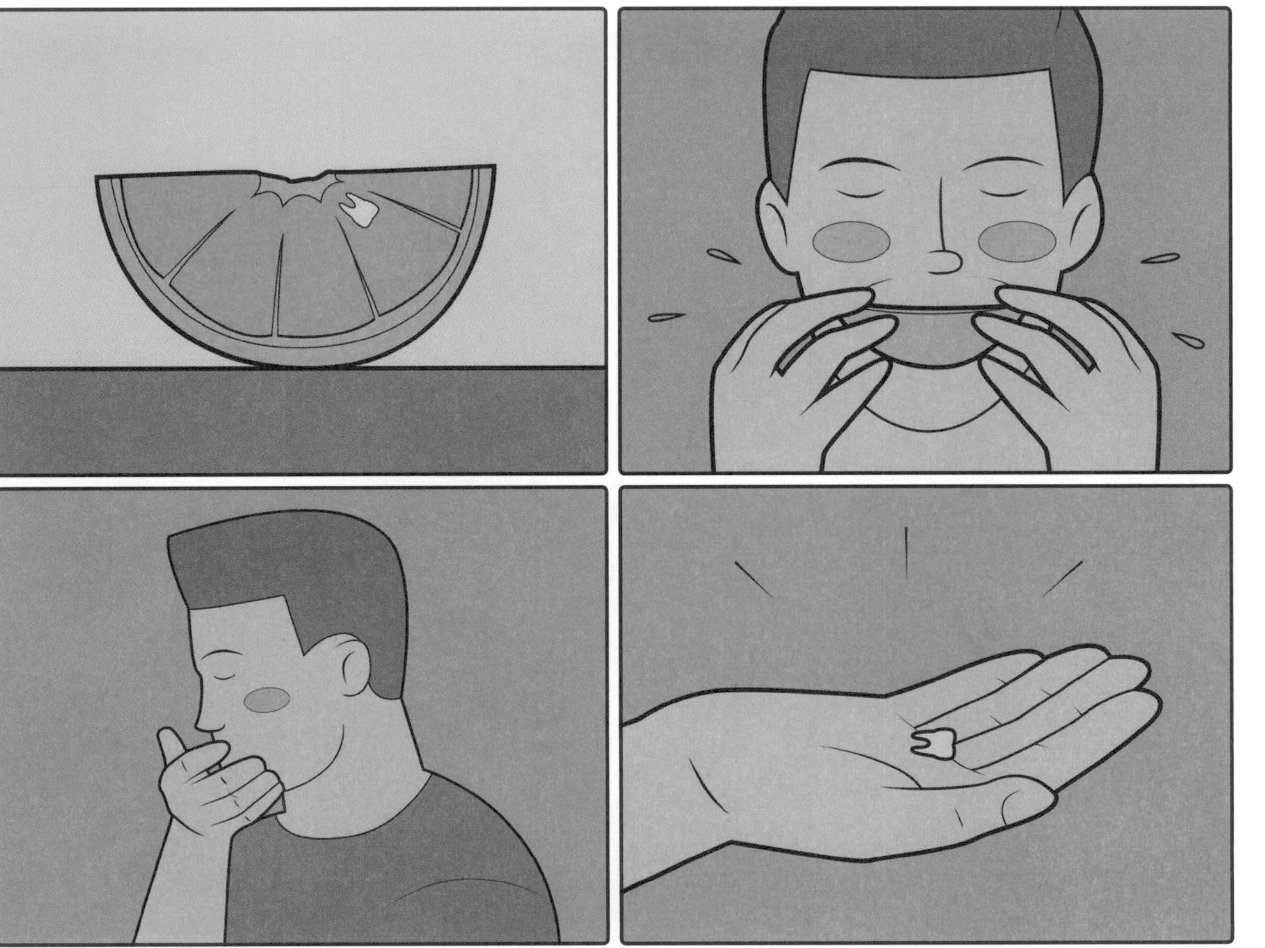

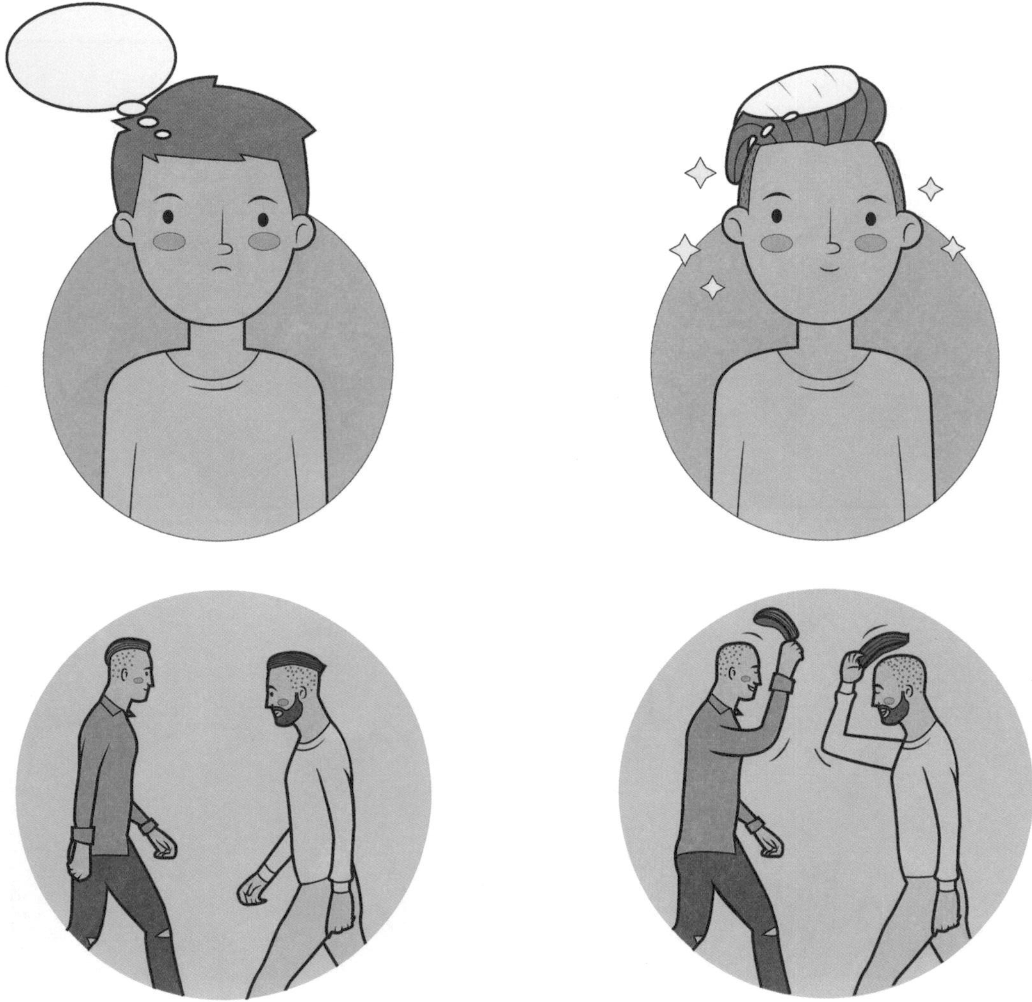

NOBODY
YOU

Graphic Times 16

沒救的人生，不需要解釋

So Sad, So Happy.

作　　者　安東・古迪姆 Anton Gudim
譯　　者　楊靜怡

野人文化股份有限公司

社　　長　張瑩瑩
總 編 輯　蔡麗真
主　　編　鄭淑慧
責任編輯　徐子涵
行銷企劃　林麗紅
封面設計　倪旻鋒
內頁排版　洪素貞

讀書共和國出版集團

社長　郭重興
發行人兼出版總監　曾大福
業務平臺總經理　李雪麗
業務平臺副總經理　李復民
實體通路協理　林詩富
網路暨海外通路協理　張鑫峰
特販通路協理　陳綺瑩
印務　黃禮賢、李孟儒

出　　版　野人文化股份有限公司
發　　行　遠足文化事業股份有限公司
地址：231新北市新店區民權路108-2號9樓
電話：（02）2218-1417　傳真：（02）8667-1065
電子信箱：service@bookrep.com.tw
網址：www.bookrep.com.tw
郵撥帳號：19504465遠足文化事業股份有限公司
客服專線：0800-221-029
法律顧問　華洋法律事務所　蘇文生律師
印　　製　凱林彩印股份有限公司
初版首刷　2020年5月

歡迎團體訂購，另有優惠，請洽業務部（02）22181417分機1124、1135

野人文化
官方網頁

野人文化
讀者回函

沒救的人生，不需要解釋

線上讀者回函專用 QR CODE，你的寶貴意見，將是我們進步的最大動力。